프랑스 문학과 사랑의 테마

La littérature française et les thèmes de l'amour

프랑스 문학과 사랑의 테마

초판 1쇄 펴낸 날 2019년 9월 20일
2판 1쇄 펴낸 날 2024년 3월 20일

지은이 문시연
펴낸이 김삼수
편 집 김소라
디자인 Annd

펴낸곳 아모르문디
등 록 제313-2005-00087호
주 소 서울시 마포구 월드컵북로5길 56 401호
전 화 070-4114-2665 팩 스 0505-303-3334
이메일 amormundi1@daum.net

ISBN 979-11-91040-36-4 03860

La littérature française et les thèmes de l'amour

프랑스 문학과 사랑의 테마

문시연 지음

차 례

사랑은 어쩔 수 없는 것인가? 아니면 한때 유행했던 광고 카피처럼 '사랑은 움직이는 것'인가? 사랑이란 이성으로 제어하기 어렵고, 늘 똑같이 지속되지 않기에 언제든 시험에 들 수 있다. 그렇게 끊임없는 노력을 필요로 하기에, 현대에도 사랑에 관해 그러한 표현이 등장하는 것일 터이다.

고대 그리스인들과 로마인들은 자연적으로 추구하는 쾌락을 초월한다는 이유로 사랑을 '병'이라 여겼다. 그래서 플루타르코스도 사랑을 가리켜 '광란'이라 하며, 사랑에 빠진 자들은 환자와 마찬가지기 때문에 이해하고 용서해 주어야 한다고 하였다. 훗날 칸트Kant 또한 사랑을 영혼의 병이라 하며, 이성과 대치되는 개념으로 보았다.

그렇지만 열정 없는 이성은 영혼의 폐허에 불과하지 않은가? 헤겔Hegel은 『역사의 철학에 관한 고찰』에서 "어떠한 위대한 것도 열정(사랑) 없는 세상에서는 이루어지지 않는다"고 단언하였다. 그런가 하면 스탕달Stendhal은 『사랑론De l'amour』에서 이러한 광기를 가리켜 '사랑-정열amour-passion'이라고 명명하면서, 사랑을 물리·화학적인 현상으로 설명하였다. 즉 사랑하는 여인을 이상화하는 과정을 결정화結晶化, cristalisation, 그리고 그 이후 다시 이성 혹은 명철함으로 돌아오는 과정을 탈脫결정화décristalisation로 설명하였다.

결정화와 탈결정화 현상은 오스트리아의 잘츠부르크Salzburg 근교에 위치한 소금 광산에서 관찰할 수 있다. 광산 깊은 곳에 고여 있는 물에 잎이 다 떨어진 앙상한 나뭇가지 하나를 던져 놓고 2~3개월이 지난 후에 꺼내 보면, 나뭇가지가 온통 눈부시게 반짝이는 수정으로 덮여 있는 것을 발견하게 된다. 그리하여 애초의 나뭇가지 모습은 완전히 없어지는데, 이것이 바로 결정화이다. 다시 말해 결정화는 사랑하는 대상이 지니고 있지 않은 장점들을 생각해 내어 상상력을 동원하여 완벽하게 만드는 것이자, '사랑하는 대상이 어떻다'라고 생각하는 것만으로도 그 대상이 상상한 모습처럼 보이는 현상이다.[01] 그러다 시간이 흘러 상대방의 본연의 모습을 발견하게 되면서 열정이 이성에게 차차 자리를 내주게 되는 과정이 탈결정화 현상이다.

서양의 사랑을 역사적으로 살펴보면 크게 중세의 기사도courtoisie에서 시작하여, 방종libertinage과 낭만주의romantisme를 거쳐, 오늘날에는 외설pornographie에 이르렀다고 볼 수 있는데, 이 흐름은 문학 작품에서도 찾아볼 수 있다. 기사도적 사랑을 보여 주는 『트리스탄과 이졸데Tristant et Iseut』, 18세기 귀족들의 방종을 고발하는 라클로Choderlo de Laclos의 『위험한 관계Les liaisons dangeureuses』, 낭만주의 사랑을 보여 주는 빅토르 위고Victor Hugo의 『에르나니Hernani』 등을 통해서 여러 사랑의 모습을 확인할 수 있다.

그런데 사랑이라는 감정은 어떻게 생기며, 어떻게 진전되는가?

---

01 프로이트(Freud)는 대상을 이상화하는 것을 가리켜 환상(fantasme)이라고 불렀다.

왜 그 열렬하던 감정이 식거나 혹은 지속되는가? 이 감정은 우정에서 서서히 발전되는가 하면, 첫눈에 반해 갑자기 생기기도 한다. 이렇게 생겨난 감정은 며칠 혹은 몇 달간의 일시적인 열병일수도, 다년간 아니 평생 지속되는 영속적인 사랑일 수도 있다. 또한 사랑은 이루지 못한 아쉬운 열정으로 남거나, 결혼 생활 속에서 꽃을 피우거나 시들어 버릴 수도 있다. 사랑이 없어도 부부라면 당연히 백년해로해야 한다고 믿으며 개인의 행복보다는 가정과 가족을 중요시하던 과거는 지나가고, 사랑을 전제로 하는 부부 중심의 시대가 도래했다. 사랑하지 않더라도 결혼 생활을 보장해 줄 수 있는 보험으로 여겼던 자식들마저도 더는 부부가 함께 살아야 하는 충분한 이유가 될 수 없다. 게다가 이기주의와 개인주의가 팽배해지면서 굳이 둘이 함께 가정을 만들어야 하는지에 관한 근본적인 의문을 제기하기도 한다. 이러한 개인 간 사랑의 위기는 결혼 생활의 위기, 더 나아가서는 가족의 해체, 사회의 붕괴로 이어질 수도 있다.

사랑은 우리가 삶을 살아가는 데 원동력 역할을 한다. 하지만 '사랑의 위기'라 부를 만한 지금의 현실 속에서 우리는 어쩔 수 없이 탈출구를 모색해야 한다. 이때 무수하고 다양한 사랑을 다루는 문학 작품들은 여러 면에서 우리에게 치유책이 될 수 있다. 허구의 필터를 이용하여 현실을 반영하든, 무궁무진한 상상력을 동원하여 현실을 재창조하든, 우리는 문학 작품을 통해서 이룰 수 없는 사랑을 꿈꾸기도 하고 현실의 금기나 장애물을 뛰어넘으면서 대리 만족을 얻기도 한다. 그 과정에서 감정이 순화되고 다시금 현실을 살아갈 수 있는 새로운 힘도 생겨난다.

이 책은 그중에서도 특히 프랑스 문학이 사랑이라는 방대한 테마를 어떻게 다루고 있는지, 어떠한 시각으로 접근하고 묘사하는지를 살펴볼 수 있는 내용을 담았다. 프랑스 문학에 나타난 다양한 사랑의 모습을 통해, 프랑스 문학을 공부하는 이들뿐 아니라 문학 속의 사랑의 테마에 관심 있는 여러 독자들이 사랑의 의미에 관해 깊이 생각해 보는 시간을 가질 수 있기를 바란다.

2019년 9월
문시연

I

사랑의 신화적 의미

에로스

나르시스와 사랑

에로스

⋮

사랑의 신 에로스Eros는 최초의 달걀에서 태어났다고 한다. 이 달걀
은 밤에 의해 수태되었으며 달걀의 속은 대지, 껍데기는 하늘을 의
미한다. 그리하여 에로스는 항상 이 세상의 근본적인 힘으로 여겨지
며, 인류의 영속성뿐만 아니라 우주의 내적인 결합을 보장해 준다고
알려져 있다.

플라톤Platon은 『향연Le Banquet』에서 에로스의 아버지인 포로스에
관해 이야기한다. 이 책에서 포로스는 교활함과 계략을 뜻하는 메
티스의 아들로서 '풍요로움'의 신으로 설정된다. 또한 포로스는 '온
갖 목적을 이루기 위한 수단'을 뜻하기도 하는데, 일설에 따르면 아
프로디테의 생일을 맞아 모든 신을 초대하여 파티를 연 후 신들의
정원에서 포로스와 '부족함'을 뜻하는 페니아가 관계를 맺어 에로스
가 태어났다고 한다. 그래서 에로스는 항상 부족한 것을 채우려 하
며, 수단과 방법을 가리지 않고 계략을 쓰면서 끊임없는 불만족과
걱정스러움 속에서 사는 신으로 그려진다.[02]

---

02 포로스는 또한 길(Proi)을 가리키기 때문에, 에로스는 길과 부족함의 결합을 의미하
    기도 한다. 그래서 에로스는 아무 곳으로도 나 있지 않은 길을 상징하기도 한다.

에로스는 가난하여 구두도 집도 없고, 땅바닥 말고는 침대도 이불도 없어 자연에서 잠을 잔다. 그렇지만 아버지인 포로스를 닮아 늘 아름다운 것을 추구하고, 용감하고 열정적이며, 훌륭한 사냥꾼인 동시에 언제나 새로운 계략을 짜낼 수 있는 풍부한 재능을 지니고 있다고 한다.

그런가 하면 에로스가 아프로디테와 헤르메스의 아들이라는 설, 아프로디테와 아레스의 아들이라는 설, 혹은 아르테미스와 헤르메스의 아들이라는 설 등 많은 가설이 있지만, 아프로디테와 헤르메스의 아들이라는 첫 번째 설이 가장 널리 알려져 있다. 그러다가 차츰 시인들의 영향으로 에로스는 겉보기에 순진한 모습을 한 날개 달린 어린아이의 형상을 하게 되었다. 하지만 동시에 에로스는 자신의 변덕에 따라 사람들의 마음에 혼란을 가져다주는 것을 즐기고, 참혹한 상처를 입힐 수 있는 힘을 지닌 악동-신이 된다.

에로스가 날개 달린 어린아이로 등장할 때 언제나 벌거벗은 모습으로 나오는 이유는 어떠한 중재자도 없는 욕망, 숨길 수 없는 욕망을 구현하기 때문이다. 사랑이 어린아이의 형태로 나타남으로써 모든 깊은 사랑의 영원한 젊음을 상징하는 동시에 사랑의 무책임함도 상징한다.

그러나 이러한 상징적인 요소를 떠나서, 사랑은 인간 존재의 근본적인 충동libido으로서 모든 존재가 구체적인 사랑의 행위로 실현되게 한다. 사랑은 상대방을 소유하려는 욕망일 뿐만 아니라 실제적인 남녀의 결합이기 때문에 인류의 진보에 필요한 존재론적 원천이

레옹 페로, 〈활을 든 에로스〉, 19세기

기도 하지만, 한편으로는 분열과 죽음의 원칙이 되기도 한다. 사랑을 하게 되면 자기 자신 이상의 존재, 더 나은 존재가 되기 위해 각자 타고난 자질로 상대방과 자신을 상호적으로 풍요롭게 하는 대신, 자기를 위해 이기적으로 상대방을 굴복시키며 상대방의 가치를 파괴할 수도 있기 때문이다. 그래서 사람들은 흔히 에로스와 기독교적인 사랑인 아가페를 대비하곤 한다. 아가페적인 사랑은 신에 순종하고 이웃을 사랑하며 심지어는 원수까지도 사랑하라고 하는데, 이는 이기주의와 욕망, 불안감을 떨치고 남들로부터 격리되어 있는 자신을 버리며 자기를 필요로 하는 자들과 평화와 신의 섭리의 충만함 속에서 사랑을 나누라는 의미이다. 그러나 에로스는 어떠한가? 기독교적인 사랑이 '이웃', 즉 가까운 사람을 사랑하라고 한다면, 사랑-정열의 에로스는 '머나먼' 나라의 공주 혹은 왕자를 그린다. 요컨대 에로스는 실현될 수 없는 '끊임없는 욕망'이다. 설사 '머나먼' 나라의 공주나 왕자와의 사랑이 실현된다 할지라도 곧 지루한 '이웃'이 되어 또 다른 먼 대상을 갈구할 것이기 때문이다.

에로스가 활과 화살을 메고 다니는 신으로 등장하는 것에 관해서는 '사랑과 전쟁'이라는 테마로 접근해 볼 수 있다. 오늘날 선전포고 없는 전쟁이 만연하듯이, 고백도 없이 많은 사랑이 이루어지고 있다. 고대부터 시인들은 사랑을 그릴 때 성적 본능에 마치 전투적인 본능이 깃들어 있는 듯이 전쟁 용어에서 유래한 은유법을 많이 사용했다. 예를 들면 사랑의 신 에로스는 '치명적인 화살'을 쏘는 '사수'이며, 여자는 그녀를 '정복'하는 남자에게 '항복'해야 한다. 트로이 전쟁만 해도 한 여자를 소유하는 문제로 발발했다. 일찍이 3세기의 헬리오도로스Héliodore는 소설『테아게네스와 카리클레이아 *Théogène et Chariclée*』에서 이미 에로스의 피할 수 없는 화살을 맞고 쓰러지는 자의 달콤한 '패배'에 대하여 언급했다. 또 12, 13세기에도 당시의 전투 기술이나 군사 전략과 관련된 언어들을 빌려와 사랑의 언어로 사용하였다. 그 예로 사랑을 구하는 자는 사랑하는 여인을 '포위'하고, 사랑의 '공격'을 하기 위해 바짝 '추격'을 한다. 경우에 따라서는 '전략적인 후퇴'를 할 줄 알아야 하고, 여인의 마지막 '방어'를 이겨내며, '기습 공격'을 하다 보면 마침내 여인은 무조건 '항복'하게 된다. 그런데 재미있는 것은, 승리를 거둔 자는 동시에 그 여인의 사랑의 포로가 되어 노예처럼 그녀의 뜻대로 움직이는 모순적인 상황에 처하게 된다는 점이다. 이처럼 상반된 성격의 것으로 보이는 사랑과 전쟁을 같은 토대에서 접근할 수 있다.

훗날 유럽 전역의 정복을 꿈꾸었던 나폴레옹Napoléon도 사랑의 지혜에 대한 군사적인 의견을 밝히는데, 그는 "사랑에서 유일한 승리는 도망가는 일뿐이다"라고 했다. 이 말은 사랑에는 승리가 있을 수 없으니 오히려 패배하기 전에 후퇴하는 것이 역설적인 의미에서의 승리라는 뜻일 것이다. 이와 같이 사랑의 이미지에는 전쟁의 이미지가 드리워 있고, 사랑을 다루는 모든 문학 작품은 내적이기도 하고 외적이기도 한 사랑의 모험 속에서 우리 자신과 세상과의 투쟁을 그린 것이라고 볼 수 있다.

다른 한편으로 에로스는 영혼(프시케)과의 분쟁이라는 측면에서도 설명할 수 있다. 우선 에로스와 프시케의 신화를 살펴보자.

　　프시케는 그 누구보다도 아름다운 여인이다. 그녀의 완벽한 아름다움이 남자들을 겁나게 하여, 아무도 약혼자로 나서지 않았다. 그러던 어느 날 그녀의 부모는 프시케를 신부로 치장하여 산꼭대기 바위에 데려다 두면 괴물이 와서 그녀를 신부로 맞이할 것이라는 신탁을 받는다. 신의 계시대로 하자 과연 가벼운 바람이 그녀를 깊은 골짜기 속에 있는 휘황찬란한 궁전으로 데려다놓았다. 저녁이 되자 그녀는 옆에 누군가가 있는 것을 느끼지만, 누구인지는 모르고 다만 신탁이 예언한 신랑이라는 것만 알고 있었다. 그 또한 자기가 누구인지를 말하지 않고, 단지 그녀가 그를 보게 되면 영원히 그를 잃는다고 알려 준다. 그렇게 여러 날이 지난다. 그녀는 행복했으나 부모님이 그리워 며칠간의 말미를 얻어 부모님 곁으로 돌아온다. 그러나 프시케의 행복을 질투하는 자매들이 그녀와 함께 살고 있는 괴물의 정체에 대해 의심을 불어넣는다.

　　의구심과 호기심에 가득 차 궁전으로 돌아온 프시케는 램프에 불을 밝혀 그녀 곁에 잠든 젊은 청년 에로스를 보게 된다. 그러나 프시케의 손이 떨리고, 뜨거운 기름 한 방울이 에로스 위에 떨어지고 만다. 이렇게 발견된 사랑은 잠에서 깨어나 달아나 버린다. 이때부터 에로스의 어머니인 아프로디테는 여자로서 프시케의 아름다움을 질투하고, 어머니로서 아들이 프시케를 사랑하는 것을 질투하게 된다. 결국 프시케는 아프로디테에게 쫓겨 세상을 방황하다 지옥의 고통까지 겪는다. 그곳에서 프시케는 페르세포네를 만나 젊음을 되찾는 물 한 병을 받아 마시고 잠들지만, 그녀를 찾아 헤매던 에로스의 화살을 맞고 깨어나 그의 아내가 되면서 영혼의 사랑을 얻고, 사랑도 구체적인 삶 속으로 들어오게 된다.

에로스와 프시케 신화는 여러 소설의 모티프가 된다. 미녀가 얼굴도 모르는 괴물과 함께 행복하게 살아 자매들의 질투를 사는 대목은 『미녀와 야수』의 근간이며, 물을 마시고 잠이 들어 그리던 사람의 활을 맞고 깨어나는 대목은 『잠자는 숲 속의 공주』 혹은 『백설 공주』의 원천이다.

이 신화에서 에로스는 사랑, 특히 쾌락의 욕망을 상징하고, 프시케는 이 사랑을 알고자 하는 영혼을 구현한다. 또한 부모는 자식에게 필요한 조치를 마련하는 이성을 대표하고, 궁전은 꿈의 모든 산물인 사치와 음란함의 이미지를 담고 있다. 밤은 애인을 바라보지 않겠다고 한 약속이자 이성과 인식이 욕망과 흥분한 상상력 앞에서 사라진 것이니, 모든 이에게 눈먼 상태로 자신을 내주는 것을 의미한다. 그리고 부모 곁으로 되돌아 간 것은 이성이 다시 깨어난 것을 뜻한다. 자매들의 질문은 비록 질투에서 비롯되기는 했으나 의심과 불확실한 것에 대한 질문이며, 프시케가 호기심의 희생자가 되도록 유도한 질문이기도 하다.[03]

사랑의 장점은 삶의 원동력으로서 활기차게 살아가게 하고, 절망

---

03 훗날 바그너(Wagner)의 오페라 〈로엔그린*Lohengrin*〉에서 엘자(Elsa)가 마술사 오르트루트(Ortrud)에게 귀를 기울인 장면에서도 엘자를 호기심의 희생자로 해석할 수 있다.

프랑수아 제라르, 〈프시케와 에로스〉, 1798

을 이겨내게 하며, 세상의 흉측함으로부터 보호해 주고, 헌신·애타심·인류애·영웅심 같은 미덕을 키워 준다는 것이다. 또한 사랑은 사고의 폭을 넓혀 주어 영감을 주고, 예술을 이해할 수 있게 하며, 직감·감성·지성을 발전시켜 준다. 그런데 서양 문학이 그려내는 사랑 가운데에는 문제없는 행복한 사랑이란 거의 없다. 고통을 수반한 사랑만이 가치 있고 나눔을 동반하는 상호적인 사랑은 불행한 것으로 묘사함으로써, 많은 장애에 맞서고 운명에 대항하여 싸우는 사랑이 아니고서는 관심을 끌지 못하는 결과를 낳았다. 그리하여 결국 나눌 수 없는 사랑의 고통, 행복하지 않은 사랑의 고통을 미화한다는 문제점을 지니게 되었다.

나르시스와 사랑

:

나르시스Narcisse 는 출중한 외모의 젊은 청년인데, 자신을 사모하는 모든 여인을 외면한다. 이에 실망한 여인들은 네메시스 여신에게 나르시스 또한 그가 사랑하는 대상을 소유할 수 없도록 해 달라고 요청한다. 그러자 어느 날 나르시스가 사냥을 하다 목을 축이려고 샘물에 다가가서 몸을 숙여 물에 비친 자신의 모습을 보는 순간, 그에게 벌이 내려지고 만다. 물에 반사된 환영과 같은 자신의 아름다움에 반한 나르시스는 대상 없는 사랑의 혼미함에 빠져들다가, 자기의 눈물이 샘물에 잔잔한 동요를 일으키자 그 이미지가 바로 자신의 것임을 알게 된다. 그리고 그것이 사라질 수 있다는 사실을 알게 되어 절망하다가 물에 비친 자신의 이미지 앞에서 숨을 거둔다.

이처럼 나르시스는 물속에 비친 자신의 모습을 환상이 아닌 현실로 받아들였다. 그리하여 현실인 삶을 살 수 없을 뿐만 아니라, 자신을 소유하여 사랑할 수는 없으므로 불가능한 사랑을 하였다. 어찌 보면 자기 속에 있는 상대를 갈구하여 사랑할 대상을 외부에서 찾지 못하는 절망적인 사랑이 나르시스적인 사랑인지도 모른다. 이러한 자기애(나르시시즘)는 타인과의 관계에서 사랑의 발로이자 기본 토대를 이루지만, 그 한계를 극복하지 못한다면 다른 사람을 사랑

카라바조, 〈나르시스〉, 1597~1599

하는 데 장애물이 되어 버리고 마는 이중의 칼날로 작용한다. 그래서 진정한 사랑을 하게 되면 나르시시즘을 후퇴시킬 수도 있다. 결국 사랑은 나르시스적인 만족감과 상대방의 이상화에 기초를 두고 있다고 할 수 있다.

어떤 사람의 사랑을 얻기를 원한다면, 사랑에 푹 빠진 것처럼 위장하는 것보다 더 훌륭한 전략은 없다. 라클로Choderlos de Laclos의 『위험한 관계Les liaisons dangereuses』에서 메르퇴유 부인Madame de Merteuil도 바로 이런 '거울의 전략'을 제시한다.

> "당신도 잘 아시다시피 당신이 누군가에게 편지를 쓴다면, 그건 당신을 위해 쓰는 것이 아니라 그 누군가를 위해서 쓰는 겁니다. 그러므로 당신이 생각하는 것을 말하기보다는 그의 마음에 드는 것을 쓰도록 해야 합니다."

그렇기 때문에 유혹하는 자의 전략은 상대방을 비추어 주는 거울의 전략 외에는 아무것도 아니다. 그가 듣고 싶어 하는 것을 이야기해 주고, 그가 보고 싶어 하는 것을 보여 주는 것이기 때문에 거울은 사실 아무도 속이지 않는다. 그래서 거울은 실수하지 않는다. 만일 그가 상대방을 충실하게 비추어 주는 대신 상대방과 상관없이 외부에서 만들어진 함정이나 계략을 쓴다면 실수를 범할 수밖에 없다. 라퐁텐Jean de La Fontaine이 『우화집Fables』에서 "아부는 아부를 받아들이는 사람에게 달려 있다"고 한 것처럼, 거울도 정면에 맞서서 바라보는 대상들만을 비춘다. 그렇기에 나르시스의 유혹에서 벗어나려면 자기애에 빠져 자신의 모습만을 비추어 보거나, 자기의 모습을 자신이 바라는 대로 비추어 주는 사람을 피해야 한다.

오늘날 우리는 더불어 살기보다는 개인주의적인 삶을 사는 것에 익숙해지고 있다. 자기에게 도취된 삶을 사는 이들도 점점 많아진다. 그런 경향이 강해지다 보면, 나의 존재를 편안하고 풍요롭게 해 줄 때는 사랑하는 대상을 받아들이지만 어떤 형태로든 희생이 요구되면 그 대상 자체를 거부해 버리는 경우도 생겨난다. 상대방이 나의 불만족의 원인이 된다고 판단하면, 미련 없이 떠나 버린다. 예전에는 예의상 자기 자신보다는 상대방을 더 중요시하는 풍조였다면, 지금은 '나'라는 존재가 무엇보다 우선시된다. 나에게 모든 것을 걸고, 나를 다른 이들의 존경과 질투의 대상인 '걸작품'으로 만드는 것이야말로 최선의 야망이다. 내가 성공하고 행복해지는 것이 최대의 목적이므로, 나의 가치가 허물어지는 것보다 더 큰 불행은 없다. 이런 자기중심적인 사고와 자기애는 남녀 사이의 관계에까지 연장되어, 내가 받기 위해서 상대방에게 주는 것이 애정 관계의 원칙이 되었다. 받기만 원하는 예도 무궁무진하니, 그나마 받기 위해서 주는 것만 해도 다행일 수 있다.

그러나 시대가 바뀌었어도 여전히 변하지 않는 것이 있으니, 바로 사랑을 공평하게 나누지 않으면 언젠가는 그 불평등한 몫을 다른 것으로 보상해야 한다는 사실이다. 겉으로는 그렇지 않은 척해도 주고받는 계산으로 사랑을 한다면 특히 결혼 생활에서 "은혜를 모른 다", "한 것이 무엇이 있느냐", 혹은 "해 준 것이 무엇이냐"라며 사랑 의 내용을 저울질하게 된다. 사랑은 그 증거들로 표현되며 상호성으 로 지속되기에, '나'가 아닌 '우리'의 상호성의 원칙이 계속해서 지켜 지지 않는다면 부부간의 공동생활이 부당하게 느껴지게 된다. 그리 고 더 나아가 상대방에 대한 무관심이나 배려의 부재가 나타난다.

신분의 차이 같은 외적인 장애물이 사라진 오늘날, 사랑하는 것 이 더 용이하지 않고 오히려 힘들게 느껴지는 것은 장애물이 내면화 되어 이상화할 대상을 찾기 힘들기 때문이다. 다시 말해 우리의 나 르시시즘을 투영할 만한 상대를 찾을 수 없다는 뜻인데, 이는 각자 자신만을 생각하고 사랑하는 이기주의의 틀에 갇혀 상대방을 나의 거울에 투영할 줄 모르기 때문이다.

우리의 삶이 점점 더 각박하고 힘들게 느껴진다면, 그것은 사랑 하는 것이 혹은 사랑받는 것이 점점 더 힘들어졌음을 의미한다. 이 처럼 삶과 사랑은 서로 밀접한 유기적 관계를 맺고 있다.

II

사랑과 여성의 이미지

사랑과 여성의 아름다움

악녀 혹은 여신으로서의 여성 이미지

사랑과 여성의 아름다움

⋮

> "여자는 남자보다 말할 수 없을 만큼 사악하다.
> 그리고 훨씬 똑똑하다."
>
> – 프리드리히 니체[04]

착한 여자와 예쁜 여자 중 누구를 더 선호하느냐는 어리석은 질문을 남자들에게 한다면, 남자들은 예쁜 여자가 착해 보인다고 능청스럽게 대답할 것이다. 좋은 외모는 사랑을 할 수 있는 기회를 열어 주는 첫 번째 관문이며, 호감을 유발하는 큰 요소로 보인다. 이는 예쁘다는 '부분'을 '전체'로 착각하는 데서 기인하는 현상이다. 외적인 아름다움이 내적인 아름다움을 담고 있으며 이를 반영한다고 생각하면 더더욱 그럴 것이다.

파스칼Blaise Pascal이 『수상록Pensées』에서 말한 것처럼, 우리는 사람을 사랑하는 것이 아니라, 그의 장점만을 사랑하는 것이 아닐까? 파스칼은 외적인 아름다움 때문에 누군가를 사랑한다면, 그는 그 사람을 사랑하지 않는다고 적고 있다. 왜냐하면 천연두 같은 병이

---

04 Friedrich Nietzsche, *Ecce homo*, Paris: Flammarion, 1992, pp. 99~100.

세비녜 부인의 초상(1665년경)

외적인 아름다움을 사라지게 했을 때, 그 사람을 사랑해야 하는 이유가 없어지기 때문이다. 알베르 코헨Albert Cohen도 『영주의 애인Belle du Seigneur』에서 과연 이가 다 빠진 아름답던 여인을 사랑할 수 있을지 의문을 제기한다. 또한 세비녜 부인Madame de Sévigné은 『서한집 Lettres』에서 "아름답지 못한 여인은 인생의 반밖에 알지 못한다"라고 적고 있다.

이처럼 외적인 아름다움[05]은 무엇보다도 중요한 요소임이 틀림없다. 사실 많은 여성들은 외적인 아름다움을 통해 자신의 존재를 확인하려 한다. 누군가를 유혹해서 그가 자신을 사랑하게 되면 그에게 커다란 힘을 발휘할 수 있게 되고, 사랑을 받게 되면 자신의 존재의 토대, 위엄, 가치를 얻게 된다고 믿기 때문이다. 이러한 사고를 데카르트René Descartes의 유명한 철학 형식에 적용하여 본다면 "나는 생각한다. 고로 존재한다"가 아니고 "당신은 나를 사랑한다. 고로 나는 존재한다"라는 수동적이고 예속적인 사랑 존재론이 탄생한다.

일과 사회생활을 적극적으로 하는 남자와 여자는 자신을 독립적인 존재로 여기지만, 집에 머물러 있는 시간이 많은 여자들은 자신을 남자들의 애정을 필요로 하는 약한 존재로 여기는 경우가 생기곤 한다. 이러한 사실이 여자들이 그토록 스스로의 몸과 피부와 아름다움에 정성을 쏟는 이유를 설명해 주는 근거가 되기도 한다. 남자

---

05 그런가 하면 스탕달은 『사랑론』에서 "아름다움이란 단지 행복의 약속일 따름이다"라고 했다. 이는 약속이란 지켜질 수도 지켜지지 않을 수도 있으므로 아름다움을 행복의 최소한의 단위로 놓은 것이라고 볼 수 있다.

들이 외모가 아름다운 여자를 꿈꿀 때, 여자들은 사회적인 지위와 권력과 부를 가진 남자를 꿈꾼다. 따라서 남자들에게 사랑은 여러 열정 중 하나일 수 있는 반면, 여자들에게는 온 삶이 달린 결정적인 열정인 경우도 적지 않다. 그러한 이유로, 비록 자주적이지 않은 존재론이기는 하나 여자들은 자신을 사랑하는 사람의 눈에 매력적으로 보이기 위해 스스로에게 없는 장점을 위장하기도 하고, 자신의 능력을 과장하기도 하며, 최상의 모습을 보여 주려고도 한다. 그렇게 이상적인 외적 이미지대로 존재하기 위해 노력함으로써 자아 향상이라는 결과를 가져올 수도 있다. 이를 가리켜 우리는 통상 "사랑을 하면 예뻐진다"고 한다. 내적인 가치가 외적인 아름다움에 투영되어 나타나는 것이기 때문이다.

사랑한다는 것은 스탕달Stendhal이 『사랑론De l'amour』에서 말하듯이 "우리를 사랑하는 사랑스러운 대상을 바라보고, 만져 보며, 모든 감각으로 느끼는 즐거움을 갖는 것"일 수 있다. 스탕달이 이야기하는 "우리를 사랑하는 사랑스러운 대상"이라는 말에는 분명 우리를 먼저 사랑해야 한다는 전제가 있고, 그다음에 상호성이 존재한다. 사랑이라는 선과 미덕은 서로 나누어야 하며, 각자 공통의 사랑에 참여해서 그 사랑에서 자신의 몫을 받고 되돌려 줄 수 있어야 한다.

악녀 혹은 여신으로서의
여성 이미지

⋮

그렇다면 여성은 천사인가, 악마인가? 여성은 때로는 숭배하는 여신도 되었다가, 멸시하거나 두려워하는 인간 이하의 악녀가 되기도 한다. 이처럼 여성은 도무지 객관적으로 묘사되지 않는다. 혹자는 여성이 비천하게 묘사되는 원인을 아담이 신의 아들인데 반해 이브는 아담의 갈비뼈로 만들어져 인간의 딸에 불과하기 때문이라고 한다. 게다가 뱀에 속아 아담을 유혹하여 인류의 비참한 역사가 시작되었다고 하니, 아담과 이브가 아니더라도 전통적인 남성 중심 사회에서 여자는 일종의 필요악으로서 가능한 한 좁은 영역을 차지하는 존재로 그려져 온 것이 사실이다. 신의 피조물인 남성이 선을 구현한다면, 악마의 피조물인 여성은 악을 구현하듯이 말이다. 14세기에 에브라르 드 트레모공Évrart de Trémaugon은 『과수원의 꿈Le songe du verger』에서 여자를 모든 악의 근원으로 그렸다.

> 여자는 튼튼하지도 않고, 안정되지도 않고, 증오에 가득 차 있고, 악성을 마음의 양식으로 삼는 일종의 짐승이다. 여자는 모든 다툼과 불화, 부당함의 원천이다.[06]

---

06 Évrart de Trémaugon, *Le Songe du verger*, 1376, livre I, chapitre CXLVI.

그런가 하면, 장 자크 루소Jean-Jacques Rousseau는 『인간의 불평등의 기원과 근거론Discours sur l'origine et les fondements de l'égalité parmi les hommes』에서 사랑과 여성을 이렇게 묘사하였다.

> 사랑은 인위적인 감정이고, 관습에서 나왔으며, 여성들의 제국을 확립하고 복종해야 하는 약한 성을 주도하는 성으로 만들기 위해 여성들이 능란하게 찬양하는 것이다. 그러므로 사랑은 여자에게 명령하는 남자들을 다시 명령하는 힘이며, 지배하는 힘에 대한 반격이다.[07]

이것은 사랑을 자연스러운 감정으로 여기는 우리의 통념을 완전히 뒤집은 관점이다. 미루어 짐작건대 루소는 사랑을 믿지 않았으며, 여자들이 지배 세력인 남자들을 누르는 유일한 방법으로 고안해 낸 것이 사랑이라고 본 것이다.

이후에 나폴레옹 법전에서도 남성에게는 권리를, 여성에게는 의무를 확실하게 규정하였다.[08] 보마르셰Pierre Beaumarchais가 작품 속

---

07 Jean-Jacques Rousseau, *Discours sur l'origine et les fondements de l'égalité parmi les hommes*, Paris: GF.–Flammarion, 1992(초판 1754), pp. 216-217.

08 예를 들어 나폴레옹 법전 213조(1804년)에는 "남성은 여성을 보호해야 하며, 여성은 남성에게 복종해야 한다"고 적혀 있다. 이는 19세기에 이르러서도 여전히 중세의 영주와 신하 사이에 존재하던 보호와 복종의 관계가 남녀 관계에 적용되고 있음을 보여 준다. 그리하여 모든 권리를 박탈당한 여자는 가구와 마찬가지로 남편에게 재산처럼 귀속되었다.

등장인물의 발언을 통해 주장하는 것처럼, 여성은 권리를 행사해야 하는 부분에서는 미성년자 취급을 받고, 잘못을 저질렀을 때는 성인처럼 처벌을 받았던 것이다.[09]

지금까지 나열한 많은 예에서 보듯이, 부정적이고 열등한 여성의 이미지는 곳곳에서 눈에 띈다. 그러나 한 여자(이브)가 인류를 불행의 구렁텅이로 밀어 넣었다면, 다른 한 여인(성모 마리아)은 인류를 구하는 데 공헌하지 않았는가? 이는 여성이 불길하고 화를 몰고 올 수 있는 위험한 인물이 될 수도, 구원과 숭배의 대상이 될 수도 있다는 뜻이다. 여신이든 악녀든 운명적인 아름다움으로 남자들의 운명을 바꾸어 놓은 여인들의 숫자는 이루 헤아릴 수 없다. 아담을 유혹한 이브에서 시작하여 삼손을 유혹한 달릴라, 트로이 전쟁을 발발하게 한 헬레나, 돈 호세를 유혹한 카르멘, 자신의 허영으로 남성을 타락시키는 마농 레스코, 강렬한 유혹의 화신으로 대표되는 20세기 여배우 마를레네 디트리히… 꿈에 그리던 여인을 만난 줄 알았던 수많은 남자들은 스스로 파멸과 죽음의 품에 안긴 줄 몰랐을 것이다. 그런 점에서 사랑과 죽음의 관계를 되새겨 볼 필요가 있다.[10]

우리는 사랑을 하면 "이제 죽어도 좋아" 혹은 상대방을 위해 "목숨을 걸 수 있어" 등의 극단적인 생각을 하게 된다. 이는 사랑과 죽음이 동전의 앞뒷면처럼 연결되어 있기 때문이다. 이렇게 죽음도 불

---

09 Beaumarchais, *Le mariage de Figaro*, Paris: Bordas, 1985(초연 1783), p. 134.

10 그리스어인 에로스(Eros)와 타나토스(Thanatos)는 −os라는 발음이 유사해 이미 유추법으로 연결되어 있다.

'팜 파탈' 이미지로 유명했던 배우 마를레네 디트리히

사하는 운명적인 커플에 대해 논하다 보면 풀리지 않는 의문들이 있는데, 왜 (상호적이든 아니든) 욕망이 다른 모든 이를 제외한 바로 그 한 사람에게만 고정되어 있으며, 어찌 하여 뜻하지 않은 만남이 죽음에까지 이르는 변함없고 확고한 관계가 되는가 하는 점이다.

사랑한다는 것은 우선 수많은 사람 중에서 '선출'하는 것이다. 플라톤이 『향연』에서 말한 것처럼, 우리는 선한 것만을 갈망하고 사랑한다. 혹은 선해 보이는 것을 사랑한다. 플라톤은 욕망을 선(혹은 아름다움)을 추구하는 것으로 정의하였다. 그리하여 한 대상이 평소에 자신이 추구하던 선을 구현한 인물로 보일 때, 우리는 사랑에 빠지게 되는 것이다. 또 사랑에 빠진 자에게는 다른 선택이 있을 수 없고, 모든 사람 중에 오로지 한 사람, 그 얼굴, 그 이름이어야만 한다.

플라톤은 『향연』에 적기를, 제우스가 본래 양성이던 인간을 신에 도전한다는 이유로 남과 여로 나누어 놓았고, 그 이후에 대장간의 신 헤파이토스가 사랑에 빠진 두 연인에게 질문을 했다고 한다.

"밤이고 낮이고 너희들이 떨어져 있지 않도록 하나의 존재가 되기를 원하는가? 원한다면, 나는 너희 둘을 녹여 하나의 존재 그리고 같은 존재로 합쳐 주겠노라."

제우스에 의해 잃어버린 나의 반쪽을 되찾았을 때 우리는 운명적인 사랑을 느낀다. 그러나 헤어져 있었기 때문에 각자 다른 환상을 가지고 재회하게 된다. 그래서 사랑을 지칭하여 두 개체가 서로 나눌 수 없는 환상의 주위를 빙빙 돌면서 나누는 둘만의 기쁨이라고 부르기도 하는 것이다. 이는 서로가 가지고 있는 환상은 나눌 수 없으나 사랑의 기쁨은 나눌 수 있다는 것이니, 분리되었던 두 존재가 각자의 환상을 가지고 서로의 반쪽을 찾아 헤매다 '다시 하나'로 합쳐지는 것이 사랑이다.

그러나 이러한 사랑도 구체적으로 실현하려면 장애물투성이인 현실에 부딪히게 마련이다. 그것은 집안의 반대와 같은 가정적인 문제, 사회적인 문제일 수도 있고, 죄의식이나 성적인 금기 같은 도덕적인 문제일 수도 있으며, 서로 멀리 떨어져 있거나 질병이 있는 등 물질적이거나 구체적인 문제이거나, 그 밖에 종교적, 문화적, 정치적인 문제일 수도 있다. 이 모든 경우에 현실로 대변되는 장애물들은 소설을 이끌어 가는 원동력으로서, 사랑의 불씨를 꺼지지 않게 유지하기 위해 없어서는 안 될 중요한 요소이다. 그렇다면 20세기 프랑스 작가 아라공Louis Aragon이 말한 대로 이 세상에 행복한 사랑은 없는 것일까?

독자들은 기쁨이라는 감정보다는 불행이라는 감정에 더 쉽게 공감한다. 감성과 이성 혹은 의무와 기쁨 사이에서 고통 받는 주인공들을 보여 주는 것은 모든 감동의 원천을 제대로 짚은 것이다. 거기에다 죽음의 두려움까지도 극복하는 사랑의 승리를 보여 주면 감동의 극치를 이룬다. 많은 사람들이 여성의 이미지를 부정적으로 그렸으나, 그토록 많은 결점이 있음에도 죽음까지 불사하며 한 여인을 사랑하려는 것은 잃어버린 혹은 부족한 다른 한쪽을 찾고자 하는 것이 아닐까? 알프레드 드 뮈세Alfred de Musset의 『사랑 가지고 장난 마소On ne badine pas avec l'amour』라는 작품의 한 부분을 통해 그 의미를 되새겨 볼 수 있다.

"모든 남자는 거짓말쟁이이고, 충실하지 않고, 허울뿐이고, 수다쟁이이고, 위선적이며 거만하거나 비겁하고, 경멸할 만하며, 육감적이다. 모든 여자는 신의가 없고, 교활하고, 허영심이 많으며, 호기심도 많고, 부도덕하다. 이 세상은 가장 보기 흉한 물개들이 진흙탕 속에서 기고 비트는 끝이 안 보이는 하수구다. 그러나 이 세상에는 신성하고 고귀한 것이 하나 있으니, 그것은 그토록 불완

전하고 끔쩍한 존재들의 결합이다. 자주 배신당하고, 상처를 입지만, 그럼에도 불구하고 우리는 사랑을 한다. 그리고 사랑을 할 때, 또 무덤에 들어가기 직전에, 우리는 과거를 바라보기 위해 뒤돌아서서 이렇게 말한다. 나는 자주 고통을 받았고, 가끔 실수도 했다. 그러나 나는 사랑했다. 이 세상을 산 것은 바로 나이지, 나의 거만함과 나의 우울함에 의해서 만들어진 꾸며낸 존재가 아니다."[11]

---

11 Alfred de Musset, *On ne badine pas avec l'amour*, Paris: Bordas, 1984(초연 1861), p. 68.

III

트리스탄과 이졸데,
사랑의 문학적인 원천

'사랑—정열'과 결혼

소설 『트리스탄과 이졸데』

사랑을 사랑하기

'사랑—정열'과 결혼

∶

사람들은 운명적이고 예외적인, 이 세상에 단 하나밖에 없는 사랑을 꿈꾼다. 바로 이러한 사랑을 구현한 것이 트리스탄과 이졸데 신화이다. 이 신화는 무척이나 풍부한 문학적인 소재들을 내포하고 있는데, 무엇보다도 '사랑과 결혼'이 양립할 수 없다는 것을 보여 준다. 가족의 해체가 사회의 혼란, 더 나아가 붕괴로 이어질 수 있는 것을 보면, 사회 구조가 결혼이라는 기본 단위에 기반을 두고 있다는 것은 명백한 사실인 듯하다. 그렇다면 오늘날 단순한 로맨스로 전락한 이 신화는 분명 현실적인 위험일 수도, 꿈에 그리는 환상일 수도 있다.

두 번째로 이 신화에는 '사랑과 죽음'이라는 요소가 내포되어 있다. 사랑과 죽음, 즉 치명적인 사랑만큼 감동을 주는 사랑도 없다. 그래서 행복하고 극적인 분쟁 구조가 없는 사랑 이야기는 소설화되지 않는다. 설령 해피엔드로 끝난다 해도, 주인공들이 일단 많은 고난과 역경을 극복한 다음에야 "결혼을 하고 아이도 많이 낳고 잘 살았다"는 결말로 이어진다. 왜냐하면 결혼해서 아이들을 많이 낳고 잘 살게 되는 시점에는 다른 분쟁 요소가 대두되지 않는 한 더 이상 할 이야기가 없기 때문이다. 그래서 사람들은 소설이 될 수 있는 이야기, 치명적인 사랑 이야기, 즉 삶에 의해 위협받는 사랑 이야기를 선호해 왔다. 특히 서양의 소설을 들여다보면 부부간의 충만하고 깊은 애정이나 평화 혹은 안식보다는 감각적인 기쁨, 전쟁, 열정, 즉 고통을 그려 온 것이 사실이다.

기계적이고 일상적인 삶의 지루함으로부터 탈피하고자 하는 욕구로 인해, 우리는 열정을 생기 가득한 삶의 약속으로 느끼게 된다. 그래서 고통보다는 열정 속에서 삶을 활기차게 만들어 주는 에너지를 느끼기 마련이다. 하지만 사랑의 열정은 '불가능한' 열정인 경우가 많고, 간통과 같은 불행한 열정일 수도 있다. 드니 드 루주몽Denis de Rougemont과 같은 학자는 우리 사회가 아예 간통과 열정을 혼동하고 있다고까지 주장하며, 이런 질문들을 던진다.

1. 트리스탄과 이졸데의 전설은 단지 도덕적인 오류를 주제로 삼은 것인가?
2. 바그너의 오페라 〈트리스탄과 이졸데〉도 간통을 다루었을 뿐인가?
3. 간통이란 결혼이라는 계약의 위반 외에 무엇을 의미하는가?

간통은 선과 악을 넘어선 비극적이고 열정적인 분위기의 아름다운 드라마일수도, 혐오스러운 드라마일 수도 있다. 오늘날에는 이 신화의 사랑-정열이 민주화되다 못해, 그 미학적인 가치와 정신적인 비극의 가치를 잃어버리고 혼란스러운 고통과 순수하지 하고 슬픈 무언가로 남아 부유하고 있다.

드니 드 루주몽의 주장의 옳고 그름 여부를 떠나, 우리에게 상처를 주며 불행을 안겨다 주는 열정을 안정적이고 조화로운 삶보다 선호한다면, 이는 어쩌면 은근히 열정과 그로 인한 불행 자체를 즐기기를 원하는 것인지도 모른다. 결혼을 진실한 사랑보다는 의무나 수단, 편의로 하는 사회에서 부부들은 도대체 무엇을 꿈꾸는가? 또 간통 없는 서양 문학은 과연 무엇이 되었겠는가?

서양 문학은 '결혼의 위기'로 그 맥을 이어 왔다고 해도 과언이 아니며, 종교가 죄악시하는 간통은 문학에서 희극적 혹은 냉소적인 상황을 끊임없이 제공하는 원천과 같았다. 문학뿐만 아니라 보드빌vaudeville이나 불바르boulevard[12] 연극에서도, 남편-부인-애인이라는 트리오trio의 등장이 흥행의 성공을 보장하는 중요한 요소라는 사실을 확인하고 나면, 결혼 생활의 참을 수 없는 감정적인 현실이 극명하게 드러난다. 잘못한 결혼, 실망한 결혼, 불만스러운 결혼, 반항심을 유발하는 결혼, 속은 결혼, 배신당한 결혼 등 못마땅한 결혼 생활 속에서 사람들은 실제로 혹은 꿈에서라도 간통을 통해 결혼 생활에 대한 반발의 기쁨을 혹은 유혹의 불안감을 맛보고자 하는 것이다.

---

12 보드빌은 17세기 말경에 출현한 극 장르로, 18세기 초에 그 특징이 확립된다. 작품 중간 중간에 음률에 맞추어 인물들이 노래를 하였는데, 1860~1870년경에 이 노래 부분이 사라졌으며 점차 희극적인 상황에 의지하는 모든 극작품을 가리켜 보드빌이라 칭하게 되었다. 보드빌은 중세 소극(笑劇, farce)의 영향을 받아 언어보다는 동작의 희극성에 바탕을 둔 연극이다. 반면 불바르 연극은 전통적인 연극을 전수한 연극으로, 잘 쓰인 연극, 언어 위주의 극, 풍속극, 상황극, 웃기 위한 오락적인 가벼운 극 등의 수식어가 붙는 연극이다. 보드빌과 불바르 연극은 형태는 다르지만 공통적으로 남녀의 삼각관계라는 주제를 주로 다루었다.

소설 『트리스탄과 이졸데』

∶

트리스탄과 이졸데의 신화가 만들어진 때는 12세기, 다시 말해 엘리
트들이 사회와 도덕 질서를 확립하고자 노력했던 시기이다. 따라서
파괴적인 본능의 표출을 더욱 제어해야 했다. 그러나 종교는 이 본
능을 공격하기만 하니 사람들을 설득하는 것이 아니라 반발심을 살
뿐이었다. 그런 상황에서 소설 『트리스탄과 이졸데*Tristant et Iseut*』[13]는
열정을 상징적인 만족감으로 확립하는 데 성공하였다. 그렇다면 도
대체 그 내용이 무엇이기에 사랑을 다루는 모든 서양 문학의 근간
을 이루고 그토록 큰 영감을 불어넣어 주었다는 말인가?

　트리스탄은 불행 속에 태어났다. 그가 출생했을 때 아버지는 이
미 돌아가신 뒤였고, 어머니 흰 꽃Blanchefleur은 트리스탄을 출산하
다가 숨을 거두었다. 그런 연유로 그의 이름이 프랑스어로 '슬프다'
라는 뜻인 'triste'와 '사람'이라는 뜻인 'an'이 합쳐져 'Tristan'이 되
었다. 외삼촌인 콘월의 마크 왕은 트리스탄을 불쌍히 여겨 궁중으로
불러들여 그의 교육을 맡는다.

13　12세기에 베롤(Béroul), 토머스(Thomas), 아일하르트(Eilhardt), 베디에(Bédier),
　　고트프리트(Gottfried)가 트리스탄과 이졸데의 신화를 조금씩 다르게 다루었다. 여
　　기서는 이 작가들이 쓴 소설의 내용을 소개하고자 한다.

트리스탄의 용감함을 보여 준 첫 번째 계기는 콘월의 젊은 처녀들(혹은 젊은이들)을 요구하며 쳐들어온 아일랜드의 거인 모롤트Morholt를 물리친 것이다. 그러나 그 과정에서 트리스탄 자신도 독이 묻은 칼에 상처를 입어 소생의 희망이 보이지 않자, 돛도 노도 없는 배에 칼과 하프를 싣고 모험의 길에 나선다. 그의 배는 아일랜드의 한 해변에 닿게 되는데, 마침 아일랜드의 여왕만이 그의 생명을 구할 비방을 알고 있었다. 그러나 거인 모롤트가 여왕의 동생이었기 때문에 트리스탄은 자신의 이름도 병의 원인도 밝히지 않고 공주인 이졸데의 정성 어린 치료를 받고 회생하게 된다. 이것이 이 소설의 서막이다.

몇 년 후, 마크 왕은 새 한 마리가 그에게 물어다 준 황금빛 머리카락의 주인과 결혼하기로 결심한다. 그리하여 그는 트리스탄을 보내 그 황금빛 머리카락의 주인을 찾아 데려오라고 명한다. 그런데 폭풍우로 트리스탄의 배가 또다시 아일랜드 쪽으로 향하고, 거기서 트리스탄은 아일랜드를 위협하는 용에 맞서 싸우다가 무찌르는 데 성공한다. 그렇지만 싸움의 와중에 다시 상처를 입어 또 한 번 이졸데의 치료를 받게 된다. 그러던 어느 날 트리스탄이 자신의 외삼촌을 죽인 살인자라는 사실을 알게 된 공주는 트리스탄이 목욕을 하고 있을 때 그의 칼로 베어 버리려고 한다. 그러자 트리스탄은 마크 왕이 자신에게 맡긴 임무를 고백한다. 이에 여왕이 되기를 원하는 이졸데는 그를 용서한다.[14]

---

14 작가에 따라서는 이졸데가 트리스탄이 목욕하는 모습을 보고 반하여 그를 용서했다

트리스탄과 이졸데는 배를 타고 마크 왕의 나라를 향해 가는데, 갑자기 바람이 멈추고 더위가 기승을 부려 갈증을 느낀다. 그러자 이졸데의 하녀인 브랑지앵은 그들에게 마실 것을 가져다주는데, 실수로 그만 이졸데의 어머니가 미래의 부부인 마크 왕과 이졸데를 위해 만든 묘약[15]을 가져온다. 이를 마신 두 사람은 '알 수 없는 운명의 힘'으로 서로에게 사랑을 고백하고 마침내 잠자리를 같이한다.[16]

잘못[17]은 저질러졌으나, 트리스탄은 왕으로부터 받은 임무가 있고 신하로서 왕에게 의무 관계로 묶여 있기에 스스로 배신행위를 했음에도 불구하고 이졸데를 왕에게 데리고 간다. 이졸데는 계략을 짜내어 운명적인 실수를 한 하녀 브랑지앵을 자신의 모습으로 변장시켜 왕과 첫날밤을 보내게 함으로써, 위기를 모면하고 불명예로부터 벗어나는 데 성공한다. 그러나 간신 무리들은 왕에게 두 사람의 사랑을 고발하여 트리스탄을 추방하게 만든다. 그렇지만 트리스탄은

고도 한다.

15 이 묘약은 프랑스어의 amer('쓰다'라는 뜻으로 '사랑하다'라는 동사의 원형 'aimer' 와 맥락을 같이 본다)와 mer('바다'라는 뜻으로 주인공들이 묘약을 바다에서 마셨기 때문에 바다의 개념이 포함된다)를 합쳐서 만든 것으로, 사랑을 씁쓸한 것으로 해석하는 근거가 되기도 한다. 그런가 하면 에드몽 자베스(Edmond Jabès)는 사랑 (amour)에는 mur, 즉 벽이 있다고 해석하기도 한다.

16 사랑의 묘약의 기한에 대해서는 여러 가설이 존재한다. 베룰의 소설에서는 이 묘약의 효과를 3년으로 제한한 반면, 아일하르트나 고트프리트 등 다른 작가들은 반대로 마법의 묘약에 무한대의 효과를 부여하기도 한다. 또 토머스의 경우에는 이 묘약의 중요성을 최소화하기 때문에 이졸데가 트리스탄이 목욕할 때부터 그에게 반하여 자발적으로 생겨난 사랑에 중심을 두기도 한다.

17 이 최초의 잘못 없이는 소설도 존재할 수 없다.

존 윌리엄 워터하우스, 〈사랑의 묘약을 마시는 트리스탄과 이졸데〉, 1916년경

다시 새로운 계략을 써서 자신의 결백을 증명하고 궁정으로 되돌아온다.

간신들의 공모자인 난쟁이 프로신Frocine은 두 사람이 연인 사이라는 사실을 증명하기 위해 함정을 파기로 작정한다. 그는 트리스탄과 이졸데의 침대 사이에 고운 밀가루를 뿌려 놓고, 왕으로 하여금 트리스탄에게 새로운 임무를 맡기게 한다. 임무를 맡은 트리스탄은 떠나기 전날 밤 마지막으로 이졸데를 만나기 위해 두 침대를 분리해 놓은 공간을 펄쩍 뛰어넘는다. 그러나 그 과정에서 최근에 부상을 당한 다리의 아물지 않은 상처 부위를 다시 다치는 바람에 밀가루 위에 피를 흘리게 된다. 이렇게 간통의 증거가 명명백백하게 드러나자, 이졸데는 나환자 무리에 보내지고 트리스탄은 사형 선고를 받는다.

하지만 트리스탄은 이졸데를 구출하겠다는 일념으로 탈출하여 그녀를 모루아Morrois 숲으로 데리고 들어가 힘든 삶[18]을 살게 된다. 그러던 어느 날 마크 왕은 우연히 잠들어 있는 두 연인을 발견하는데, 이 두 사람 사이에 칼이 놓여 있는 것[19]이 아닌가? 이를 정숙함의 증거로 판단하고 감동을 받은 왕은 이들을 깨우지 않고 트리스탄의 칼 대신 왕실의 칼을 두고 떠난다.

---

18 모루아 숲에 버려진 트리스탄과 이졸데의 상황은 톨스토이(Tolstoï)의 『안나 카레니나』에서 운명적인 사랑과 열정에 이끌려 기쁨을 나눈 뒤에 참혹한 현실에 직면하는 안나 카레니나 백작부인과 브론스키의 상황과 유사하다.

19 이 장면은 아서 왕과 원탁의 기사 전설에서 아서 왕이 기사 랜슬롯과 왕비 기네비어 사이에 놓여 있는 칼을 발견하는 장면과 동일하다.

3년이 지나가고, (베룰에 의하면) 묘약은 그 효과를 다하게 된다. 트리스탄은 자신의 잘못을 뉘우치고, 이졸데는 궁정을 그리워하기 시작한다. 그래서 그들은 은둔자 오그랭Ogrin을 찾아가 도움을 청하며 이졸데를 다시 궁정으로 돌려보낼 수 있게 해 달라고 한다. 그러나 이졸데는 트리스탄에게 왕이 자신을 잘 대우해 주는지 확신이 설 때까지 나라를 떠나지 말아 달라고 애원하면서, 그 대신 필요하다고 신호만 하면 언제든지 그에게 달려오겠다고 약속한다. 그 이후 두 사람은 숲 관리자인 오리Orri의 집에서 몰래 여러 번의 만남을 갖는다. 그런데 왕비의 정조를 감시하는 왕의 신하들이 있어, 왕비는 자신의 정조를 증명해 보이기 위해 신의 재판을 요구한다.

　그녀는 또다시 속임수를 써서 이 시험을 통과하는데, 그 내용은 다름이 아니라 거짓말을 하지 않은 사람의 손은 전혀 데지 않는다는 뜨겁게 달아오른 쇳덩어리를 집는 것이었다. 그 쇳덩어리를 집기 전, 이졸데는 왕과 배에서 내릴 때 도와준 천민을 제외하고는 어떠한 남자의 품에도 안기지 않았다고 맹세한다. 그런데 그 천민은 바로 변장한 트리스탄이었다.

　하지만 트리스탄은 새로운 모험들을 찾아 멀리 떠났고, 차츰 여왕이 자신을 더는 사랑하지 않는다고 믿게 된다. 그 무렵 그는 바다 저편에서 또 다른 이졸데(흰 손의 이졸데)를 만난다. 그녀는 금발의 이졸데와 같은 이름을 가지고 있는 데다 아름답기까지 하여 트리스탄은 그녀와 결혼해 버린다. 그렇지만 트리스탄은 부인인 흰 손의 이졸데를 처녀인 채로 두고, 먼 곳에 두고 온 소유할 수 없는 이졸데만을 그리워하며 지낸다. 그러다가 다시 독이 묻은 칼에 치명적인 상처를 입은 트리스탄은 그를 유일하게 치유할 수 있는 콘월의 여왕 이졸데를 부른다. 이졸데 여왕의 배가 희망의 표시인 흰 돛을 올리며 다가오는 것을 본 흰 손의 이졸데는 질투심에 불타 트리스탄에게 돛이 검은색이라고 알린다. 그 말에 절망한 트리스탄은 숨을 거두고, 그 순간 금발의 이졸데는 배에서 내려 성에 도착한다. 그러나 트리스탄의 사망 소식을 접하자 이졸데는 그의 몸을 끌어안고 역시 숨을 거둔다.[20]

이 소설의 중요한 세 가지 맥락을 요약해 보면 다음과 같다.

첫째, 트리스탄은 이졸데를 왕에게 데려다준다. 왜냐하면 그는 왕과 충성으로 맺어진 관계이기 때문이다.

둘째, 두 사람은 3년간의 숲속 생활을 청산하고 서로 헤어진다. 묘약의 효과가 없어졌기 때문이다.

셋째, 트리스탄은 흰 손의 이졸데와 결혼한다. 그녀의 이름과 아름다움 때문이다.

소설은 이 세 가지 요인을 토대로 삼고 있다. 그러나 이 세 맥락에 맞지 않는 부분이 이어지며, 드니 드 루주몽은 그에 대해 이러한 일련의 의문을 제기한다.

---

20 『인동덩굴에 대한 단시(短詩)*Lai du Chèvrefeuille*』에서 마리 드 프랑스(Marie de France)는 서로 떨어져 살 수 없는 트리스탄과 이졸데를 인동덩굴과 개암나무에 비유하였다. 인동덩굴이 개암나무를 휘감으면 덩굴과 나무가 언제까지나 잘 살 수 있지만, 덩굴을 없애 버리면 나무가 금세 죽고 만다는 사실에 근거를 둔 것이다.

드니 드 루주몽, 『사랑과 서양
L'amour et l'occident』 표지

1. 왕의 조카이자 신하인 트리스탄은 근친상간에 간통, 왕에 대한
   배신까지 그 죄질이 무거워 보이기는 하나 특정한 적, 특히 왕에
   비해 신체적으로 월등하다. 당시의 풍속은 힘이 센 자의 권리, 그
   중에서도 여자에 대한 권리를 무엇보다 신성시하였는데, 왜 트리
   스탄은 이 권리를 찾지 않았는가?

2. 트리스탄과 이졸데는 이미 죄를 지었는데, 왜 숲속에서 두 사람
   사이에 칼을 놓았는가?

3. 소설가에 따라서는 여전히 사랑의 묘약이 그 효력을 발휘하고 있
   는데, 왜 트리스탄은 이졸데를 왕에게 돌려주는가?

4. 서로 헤어지자고 하는 순간에 왜 그들은 다시 만나기로 약속을
   하는가?

5. 숲에서 남의 눈을 피해 몰래 만나면서 트리스탄은 왜 또다시 새

로운 모험을 향해 멀리 떠나는가?

6. 그런가 하면 죄를 지은 이졸데는 신까지 속이고 가까스로 계략을 찾을 수밖에 없는 처지이면서 왜 자청해서 '신의 심판'을 받겠다고 나서는가?

7. 이 심판에서 결백이 증명된 두 사람은 굳이 헤어질 필요가 없는데도 왜 트리스탄은 왕의 곁을, 즉 이졸데의 곁을 떠나는가?

8. 12세기에는 명예와 영주에 대한 충성심이 중요한 가치였다. 그런데 왜 당시 시인들은 계략을 써서 영주를 속이는 기사의 모습을 보여 주며, 영주의 명예를 옹호하는 신하들을 간신으로 취급하는가? 사실 신하들이 트리스탄을 질투했을지는 몰라도, 트리스탄과 달리 거짓말도 하지 않았고 왕을 속이지도 않았는데 말이다.

9. 사랑의 묘약만 해도 이졸데의 어머니가 미래의 부부를 위해서 만든 것인데 왜 3년만 그 효과가 지속되게 하였는가? 그 기간이 부부가 누릴 수 있는 행복의 기한이란 말인가? 그렇다면 묘약은 오히려 3년이 지난 후에 필요하지 않겠는가?

10. 트리스탄은 흰 손의 이졸데와 결혼한 뒤에 그녀를 처녀인 채로 두고 그 결혼 생활에서 죽음을 찾는 모험 외에는 다른 길을 찾지 못하는데, 왜 굳이 결혼을 하였는가?

이 모든 의문을 살펴보면서 우리가 발견할 수 있는 사실은 기사도라는 것이 중세 봉건 시대의 현실이 추구하던 이상理想이었다는 것이다. 기사는 영주의 신하이면서 마음속에 그리는 영주 부인의 신하로 인정받음으로써 두 가지 의무 속에서 갈등하지 않을 수 없었다.

이러한 모순에 비추어 볼 때 기사도적 사랑amour courtois[21]은 중세의 거친 풍습과 체계가 잡히지 않은 상태에 대한 반발로 생겨난 것이라 할 수 있다.

12세기의 결혼은 영주들에게는 부인의 지참금이나 유산으로 받을 땅을 통합하여 재산을 증식할 수 있는 좋은 기회였으며, 일이 뜻대로 되지 않으면 그야말로 사돈의 팔촌, 먼 친척 관계까지 들먹이며 근친상간이라는 핑계로 부인을 쫓아내고 결혼을 무효화하기도 했다. 이런 중세 사회에서 기사도적인 사랑은 사랑과 결혼이 양립할 수 없다고 결론을 내린다. 그도 그럴 것이 합법적인 결혼을 한 부부는 온갖 의무와 계산으로 연결되어 있지만, 그렇지 않은 연인들은 서로 어떠한 의무나 대가도 없이 사랑을 나눌 수 있기 때문이다. 그래서 소설에서 영주의 명예나 권리에 반하는 모든 것을 고발해야 하는 의무를 지닌 신하들이 오히려 간신 취급을 당한 것이다. 이는 신하의 의무 이전에 다른 가치가 추구되고 있음을 보여 주는 것으로, 의무에 충실한 신하들이 오히려 기사도적 사랑의 비밀을 밝히려 하는 배신자가 된다.

이 소설은 사랑과 결혼을 대치시키면서 기존에 확립된 사회 제도를 비웃으며, 쉽게 속는 남편을 모욕하며 합법적인 구속이라 할 수

---

21 기사도적인 사랑은 기사나 트루바두르(troubadour)라는 음유 시인들이 마음속으로 애틋하게 그리는 지체 높고 이상화된 여인, 즉 접근이 불가능한 여인의 하인이 되어 영원히 만족시킬 수 없는 사랑으로서, 열정적이고 탄식 어린 추앙을 하면서도 비밀, 참을성, 절도를 지키는 불행한 사랑이다.

중세의 채색 필사본 『코덱스 마네세』에 실린 기사도적 사랑

있는 결혼의 틀 밖에서 그리고 결혼에 반하여 사랑하는 이들의 미덕을 찬양한다. 그렇지만 이러한 사랑도 사랑에서 '만족'을 얻는 것을 금한다. 사랑하는 여인을 완전하게 소유하는 것은 더 이상 사랑일 수 없고, 지루한 현실이 되어 버린다. 그리하여 그들은 서로 헤어질 기회가 올 때마다 그 기회를 놓치지 아니하며, 그 기회마저 오지 않는다면 인위적으로 장애물을 만들기까지 하는 것이다. 트리스탄과 이졸데 사이에 있었던 욕망에 대한 정열의 승리를 상징하는 정절의 칼, 3년간의 숲속 생활 끝에 남편에게 되돌아가는 이졸데, 나아가 트리스탄의 백지 결혼이 바로 그러하다. 그리고 이졸데를 용으로

부터 구출해 주고 사랑의 묘약까지 마신 트리스탄이 이졸데를 마크 왕에게 굳이 돌려보내는 이유도 기사도적인 사랑의 법칙이 열정이 현실화하는 것을 금하기 때문이다.

이처럼 연인들은 비록 희생이 그들을 고통스럽게 만든다 할지라도 사랑을 위한 사랑 혹은 사랑에 대한 사랑을 추구함으로써, 실현되는 만족스러운 사랑보다는 실현되어서는 안 되는 사랑을 선호한다. 그래서 이를 '달콤한 고통'이라고 부르지 않는가? 스탕달이 말하듯 과연 사랑을 한다는 것은 고통의 시작인가?

사랑을 사랑하기[22]

:

"사람들이 사랑에 대해 말하는 것을 들은 적이 없다면
결코 사랑에 빠지지 않았을 이들이 있다."

– 라로슈푸코[23]

달콤하게 고통 받고자 하는 의지가 사랑이라고 믿는 트리스탄과 이
졸데는 과연 서로 사랑을 한 것일까? 너무나도 극명한 사랑의 대명
사 격인 트리스탄과 이졸데의 사랑에 의문을 제기하는 것은 어쩌면
모순일지도 모른다. 그러나 두 사람은 3년에 걸쳐 숲속에서 생활한
후에 은둔자 오그랭을 찾아가 그들의 죄를 고백하는 대신에 사랑의
묘약을 타락의 주범으로 지목한다. 이를테면 그들은 단지 사랑을 했
지, '서로' 사랑하지 않았다는 이야기이다. 그뿐만 아니라, 그들은 죄
를 지었지만 뉘우칠 수가 없다. 왜냐하면 사랑한 것은 그들의 책임
이 아니기 때문이다. 운명이 그들을 짓누르니 그들은 선과 악, 기쁨
과 고통, 모든 도덕적 가치를 뛰어넘어 운명의 힘에 신음하면서도 그

---

22 성 아우구스티누스(St. Augustin)는 『고백록 Confessions』에서 "Amabam amare",
    즉 "사랑을 사랑한다"라는 표현을 썼다.

23 François de La Rochefoucauld, 『잠언집 Maximes』, n°136.

운명에 스스로를 기꺼이 맡길 따름이다.

묘약 자체도 이미 마법의 산물로서 운명적인 방법으로 작용하는 데다 하녀마저 운명적인 실수를 저질러 트리스탄과 이졸데가 그 묘약을 마시게 되니, 여기서 운명은 이중의 의미를 지닌다. 운명이라는 것은 태어나기 이전에 이미 정해진 삶, 혹은 초자연적인 힘이나 신비한 우연 앞에서 인간의 의지나 이성이 무력해지는 것을 가리킨다. 즉 운명은 단순한 논리로 설명할 수 없는 현상을 파악하려 시도하는 일종의 신화인 것이다. 그래서 묘약은 내적인 요소인 의지의 무력함을 강조하는 동시에 금기를 위반할 수 있는 외적인 요소, 즉 운명을 도입하는 것이다. 다시 말해 두 주인공은 묘약을 마심으로써 죽음을 마시게 된 것이나 마찬가지다. 그리고 사랑의 묘약이라는 구실 말고는 치명적인 욕망을 감출 수도 정당화할 수도 없기 때문에, 열정은 묘약이라는 알리바이가 반드시 필요하다.

요컨대, 가장 용감한 기사 트리스탄과 가장 아름다운 공주(왕비) 이졸데가 '서로' 사랑하지 않았다는 결론을 내릴 수 있다. 그들이 사랑하는 것은 사랑이고, 더 나아가 사랑한다는 사실이다. 그러므로 그들은 사랑에 반대되는 모든 것이 오히려 사랑을 보장해 준다고 믿고, 장애물들을 인위적으로 만들어 내며 끊임없이 사랑의 희열을 느끼고자 한다. 이때 이들이 만들어 내는 장애물은 열정의 진전에 꼭 필요한 구실이다. 트리스탄은 사랑하고 있다는 느낌을 좋아할 따름이고, 이졸데 또한 트리스탄을 곁에 붙잡아 두려는 어떠한 시도도 하지 않는다.

1865년 6월 10일 초연된 바그너의 오페라 〈트리스탄과 이졸데〉의 한 장면

　자신 안에 있는 상대방을 찾는 그들에게는 서로를 사랑하는 '현
실'이 필요한 것이 아니고, '서로를 사랑하는 것을 사랑'하는 '환상'[24]
이 필요하다. 따라서 열정적인 꿈만 있으면 충분하다. 그들은 서로
의 정열을 불태우기 위해 서로를 필요로 할 뿐이다. 그렇지만 있는
그대로의 서로를 필요로 하는 것도 아니요, 상대방의 곁에 있어 주
는 것이 필요한 것도 아니며, 다만 상대방의 '부재'가 필요한 것이다.
그러니 두 연인은 헤어질 수밖에 없고, 헤어지는 것도 열정 그 자체

24　다니엘 시보니(Daniel Sibony)는 『여성과 유혹*Le féminin et la séduction*』에서 "사
　람들은 자신의 환상을 현실의 상태로 살아가는 것을 혐오한다"고 말한다.

에 기인한다고 보아야 할 것이다. 이 열정으로 욕망의 달콤한 아픔을 불러일으키는 존재를 사랑하는 트리스탄과 이졸데는 분명 사랑-열정과 나르시시즘을 혼동하고 있다.

사랑을 사랑하는 사람들은 그들에게 일어나는 일들이 외부에서 만들어진 운명이라고 믿겠지만, 사실은 그들의 내면이 열렬히 갈망한 운명이라 할 수 있다. 그리하여 그들은 크레티앙 드 트루아 Chrétien de Troyes가 말하는 것처럼 이 고통스러운 운명을 즐기려 한다.

> 모든 아픔과 나의 아픔은 다르다. 나의 아픔은 내 마음에 들고, 나도 내 아픔을 즐긴다. 나의 아픔은 내가 바라는 바에서 오는 것이고 나의 고통은 나의 건강이다. 그렇기 때문에 나는 불만을 가질 이유가 없다고 본다. 그 이유는 나의 아픔이 나의 의지에서 오기 때문이다. 나의 의지가 나의 아픔을 쥐고 있지만, 나는 이렇게 고통 받는 것을 원하기 때문에 아주 유쾌하게 고통 받는다. 그리고 나의 고통에 얼마나 많은 기쁨이 있는지, 나는 쾌락 속에서 아픔을 느낀다.

트리스탄의 의도적인 정조 역시 스스로에게 지운 시련이자 고통이다. 모루아 숲에서 금발의 이졸데와 트리스탄 사이에 놓여 있던 칼을 통해 표현된 이 의도적인 정조는 상징적인 의미로 보자면 자살 행위이기도 하다. 이것은 곧 삶의 오만함을 지지하는 켈트족의 강건한 전통에 대한 기사도적인 이상의 승리이다. 또한 욕망 속에 살아 있는 충동적이고 동물적이며 적극적인 요소들을 정화하는 방법이기도 하다. 한마디로 욕망에 대한 열정의 승리이다. 그러나 의도된 장애물은 죽음을 향해 간다. 폭풍우 속에 구름 떼가 몰려 있듯이, '사랑에 대한 사랑'은 죽음을 간직하고 있다.

열정이 살 수 없는 결혼은 단지 두 육체나 가문이 결합하는 것에 불과하고, 지상 최대의 에로스인 사랑은 이 세상에서 가능한 모든 사랑을 초월하여 빛을 발하는 결합으로 나아가는 영혼의 갈망이다. 그렇기 때문에 사랑은 정조를 전제로 하고, 정조 또한 사랑에서 오는 것이다. 그런데 정조 관념이 점점 희박해져 가는 오늘날의 사랑은 그 손쉬움 때문에 더는 장애물이 없어 보인다. 기존의 신분 격차 같은 외적인 요인보다는 성격 차이 같은 내적인 요인이 두 사람의 관계를 정립하는 데 장애가 되어, 눈에 띄는 장애물이 없는 것이 장애인 신기한 변증법이 성립되어 버렸다.

IV

사랑의 문학사적 흐름

10~16세기: 기사도적인 사랑

⋮

대략 10세기에서 15세기경으로 보는 중세의 사랑은 기사도적인 사랑으로 요약된다. 기사도적인 사랑이란 기사가 봉건 군주의 부인에게 존경과 복종을 표시하는 사랑으로서, 성스러운 성격을 띠며 그 어떤 것보다도 우위를 차지한다. 군주의 부인을 사랑한다는 것은 곧 불가능한 사랑을 의미하므로 운명적이고 불행할 수밖에 없다. 그 대표적인 작품이 『트리스탄과 이졸데』이며, 사랑을 토대로 한 모든 서양 문학의 근간이 된다.

또 잘 알려져 있지는 않지만, 퓌라모스와 티스베의 감동적인 사랑은 셰익스피어William Shakespeare나 테오필 드 비오Théophile de Viau[25],

---

25 테오필 드 비오는 1623년에 초연된 『퓌라모스와 티스베의 비극적 사랑Les Amours tragiques de Pyrame et Thisbé』이라는 작품을 썼다. 짤막한 희비극인 이 작품은 5막 12장으로 구성되어 있으며, 1234행으로 이루어져 있다. 제목을 통해 짐작할 수 있듯이 퓌라모스와 티스베 신화 이야기를 바탕으로 내용이 전개된다. 퓌라모스와 티스베는 사랑하는 사이인데, 원수 집안이라는 이유 때문에 부모의 반대에 부딪힌다. 한편 그들이 사는 곳의 왕은 티스베에게 반해서 퓌라모스를 제거하려는 계획을 세운다. 어느 날 왕은 퓌라모스를 죽이기 위해 자객을 보내지만, 오히려 퓌라모스가 그 자객을 죽인다. 자객은 죽어 가면서 왕이 자신을 퓌라모스에게 보냈다고 고백하고, 퓌라모스는 목숨이 위태롭다는 것을 알게 되어 티스베와 함께 도망치기로 결심한다. 티스베와 만나기로 한 날, 약속 장소로 나간 티스베 앞에 사자가 어슬렁거리자 티스베는 베일이 떨어진 줄도 모르고 바위틈에 숨는다. 뒤늦게 도착한 퓌라모

그리고 18세기의 다양한 멜로물 작가들에게 영향을 주었고, 현대 소설이나 영화에서 이 전설의 여러 요소를 다시 재현하기도 했다. 퓌라모스와 티스베 이야기는 다음과 같다.

퓌라모스는 젊은 아시리아인으로 젊고 아름다운 티스베를 사랑하는데, 그녀도 그와 같은 감정을 가지고 있다. 그들은 같은 마을, 아니 거의 같은 집에 살고 있지만 그들의 부모가 서로 만나지 못하게 하는 관계로, 마을 바깥에 있는 흰 빛깔이 도는 뽕나무 밑에서 만나기로 한다. 그 약속 시간은 저녁에 달빛이 드리울 무렵이었다. 베일을 쓴 티스베가 약속 장소에 먼저 도착했는데, 그 곳에서 그녀는 입이 피투성이가 된 암사자의 공격을 받는다. 너무도 놀란 그녀는 황급히 도망가다가 베일을 그 자리에 떨어뜨리고 만다. 사자는 피투성이인 입으로 베일을 갈기갈기 찢어 놓는다. 잠시 후에 도착한 퓌라모스는 그 베일을 보고 티스베가 사자의 밥이 된 줄 알고, 칼로 자신을 찔러 버린다. 잠시 후 도망갔다가 다시 약속 장소로 돌아온 티스베는 죽어 가는 퓌라모스를 발견하고는 그 칼로 자신의 심장을 찌른다. 사람들이 전하기로, 그 뽕나무는 연인들의 피로 붉게 물들어 희던 열매도 붉어졌다고 한다.

이 이야기는 여러모로 셰익스피어의 『로미오와 줄리엣Romeo and

스는 갈기갈기 찢긴 티스베의 베일을 보고 자신의 연인이 사자에게 죽었다고 판단하여 그 자리에서 자결한다. 한참 후 약속 장소로 돌아온 티스베는 퓌라모스가 죽어 있는 모습을 보고 자신도 죽음을 선택한다.

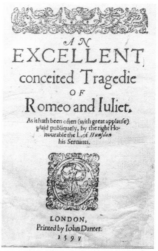

1597년 출판된 『로미오와 줄리엣』 초판 속표지

Juliet』을 연상시킨다. 『로미오와 줄리엣』은 바그너의 오페라 〈트리스탄과 이졸데〉가 나오기 전까지 트리스탄과 이졸데 신화의 가장 아름다운 부활이라고 할 수 있는 작품이었다. 마크 왕과 그 신하들은 베로나의 적대적인 두 가문으로 대체되고, 사랑의 묘약은 줄리엣의 거짓 죽음을 전해야 하는 로렌스 신부[26]의 심부름꾼과 운명적으로 만나는 로미오로 인하여 죽음의 묘약이 된다. 이것은 퓌라모스와 티스베의 신화와 동일한 상황이기도 하다. 또 캐퓰렛Capulet가의 티볼트Tybalt가 로미오의 친구 머큐시오Mercutio를 죽이는 장면은 훗날 할리

---

26 로렌스 신부가 이성과 전통 그리고 사회를 대표하는 양가 부모들의 반대를 무릅쓰고 젊은 연인들의 편에 서서 이들의 사랑을 도와주는 것은 사적인 일에 개입하는 교회의 모습을 보여 주는 흥미로운 대목이다.

프란스 프랑켄(추정), 〈퓌라모스와 티스베〉, 16세기

우드의 뮤지컬 영화 〈웨스트사이드 스토리*Westside story*〉의 테마가 되기도 한다.

　운명적인 사랑을 한 유명한 커플들은 기존의 도덕적 가치나 사회적 질서, 혹은 편견을 불사하고 이루어질 수 없는 불가능한 사랑을 한 사람들이다. 이들은 최선과 최악, 선과 악 사이의 선택이 아니라 법이나 도덕의 영역에서 벗어나고자 하는 소설 속의 주인공들이다. 마크 왕과 신하들, 그리고 퓌라모스와 티스베와 로미오와 줄리엣의 부모들은 힘을 가진 기성세대로서, 자신들에게 복종해야 하는 힘없는 젊은 연인들의 사랑을 방해한다. 결혼을 경제적 부를 축적하고 사회적 신분을 상승시키는 수단으로 삼은 기성세대와 사랑을 기반으로 하는 결혼이 목적인 젊은 세대 간에는 분쟁이 있을 수밖에 없다. 하지만 반대와 역경을 극복하여 어렵게 한 결혼임에도, 하루하루의 현실 속에서 열정은 점차 찾아보기 힘들어진다. 사랑은 결혼이라는 법적인 절차를 거치면서 그 합법성과 영속성 속에서 퇴색하거나 사라지는 경우가 대부분이기 때문이다. 이는 장애물이 없어지는 에로스와 법은 서로 양립할 수 없다는 것을 의미한다.

프랑스는 16세기에 교회가 쇠퇴[27]하고 중세가 붕괴되어 문예 부흥기, 즉 르네상스를 맞는다. '르네상스renaissance'는 '부활' 또는 '재생'이라는 뜻의 프랑스어로서 고대 그리스·로마의 문화적 전통이 다시 살아났다는 의미에서 사용하는 용어다. 14세기 후반부터 15세기 전반에 걸쳐 이탈리아에서 시작된 르네상스 문화는 사상, 문학, 미술, 건축 등 다양한 영역[28]에서 발현되었다. 이것은 고대 문화를 의

---

27 중세 말기인 14세기와 15세기부터 교회의 영향력이 쇠퇴하기 시작했다.

28 르네상스 시대에는 자연의 과학 원리에도 관심을 기울였고 자연을 있는 그대로 관찰하고자 했다. 코페르니쿠스(Nicolaus Copernicus, 1473~1543)가 처음으로 지동설을 주장한 것도 이 시기이며, 이후 갈릴레이(Galileo Galilei, 1564~1642)가 천체 망원경을 제작해서 지구가 돌고 있다는 사실을 확인했던 것도 르네상스 시대였다. 15세기 중엽에는 구텐베르크(Johannes Gutenberg)가 금속 활자를 인쇄하는 기술을 발명하여 책값이 싸지고 성서가 번역되어 일반인들도 성서를 읽을 수 있게 되었다. 성경을 읽은 일반인들은 점차 교황과 고위 성직자들에 대한 반감을 가지게 되고 차후 종교 개혁으로까지 나아가게 된다. 교회의 영향력 쇠퇴는 유럽의 각 국가에서 지방어를 적극적으로 사용하는 것으로도 나타났다. 중세 시대에는 책을 집필할 때 라틴어를 사용해야 했는데, 르네상스 문화가 등장하면서 이탈리아어, 프랑스어, 독일어, 영어 등 자국어로 글을 쓰는 작가들이 생겨났고 이런 경향은 시간이 지날수록 확대되었다.

식적으로 부흥시킴으로써 새로운 문화를 창조하려는 움직임이었다. 르네상스의 근본정신은 인문주의, 즉 휴머니즘Humanism으로, 신 중심의 세계관이 지배했던 중세에서 벗어나 인간의 개성과 자유, 창의성을 자유롭게 표현하고자 했다. 페트라르카Francesco Petrarca와 같은 이탈리아 문학가들이 고대 그리스·로마의 고전 문화에서 휴머니즘을 발견하여 다시 인간 본연의 개성을 존중해야 한다고 주장하면서 점차 다른 유럽 국가들로 퍼져 나갔다. 프랑스에서도 기사도적인 전통을 통해 페트라르카와 같은 이탈리아 작가들을 발견하고 그 영향을 많이 받는 시기가 도래하여, 세상을 바라보는 시각이 신 중심에서 인간 중심으로 바뀌면서 인본주의가 사람들의 인식을 주도하게 된다. 그 결과 세속적인 사랑도 신에 대한 사랑으로 나아가는 단계로 여기게 되었다.

17세기: 고전주의 문학 속의 사랑

⋮

고전주의로 대표되는 17세기는 이성과 질서, 체계를 내세우며 난립하던 봉건 영주들을 중앙 집권적인 강력한 왕권 밑에 두게 되는 시대이다. 신화가 풍습과 철학 속에 그 모습을 감추고, 국왕이 국가[29]인 절대 왕조 시대의 막이 열리면서 감정생활도 변혁을 맞는다. 르네상스 시대를 거치면서 점차 교회의 영향력에서 벗어난 사람들은 인간의 이성을 존중하는 경향이 강해졌고, 고대 그리스·로마 문화에 관심을 기울이기 시작했다. 17세기의 이러한 정치·문화적 양상의 영향으로 조화와 균형을 추구하는 고전주의 문학이 등장했다. 고대 그리스·로마의 걸작에서 각 문학 장르의 법칙을 발견하여 그것에 따라 창작함으로써 명작을 만들 수 있다는 생각이 강해졌고, 문학의 틀이나 형식을 만드는 것에 집중하게 되었다.[30]

29　태양 왕 루이 14세는 "국가는 곧 짐이다(L'Etat, c'est moi)"라는 강력한 왕권을 시사하는 말을 남겼다.

30　고전주의 연극의 3일치 법칙이 대표적이다. '행위의 통일(극의 행위, 즉 줄거리가 일관된 단일한 것이어야 함)', '시간의 통일(극의 행위는 지속 시간이 24시간 이내여야 함)', '장소의 통일(극의 행위가 전개되는 장소가 5막 동안 동일한 장소여야 함)'이 바로 그것으로서, 19세기에 빅토르 위고가 이 규칙을 깰 때까지 희곡의 중요한 원칙으로 여겨졌다.

문학 속의 신화 이야기가 순수한 심리로 축소되고, 문학의 주제도 어쩔 수 없는 운명이 아니라 사랑을 '방해'하는 것들이 되며, 장애물도 『트리스탄과 이졸데』에 나타났던 것처럼 죽음에 대한 은밀한 의지가 아니라 단지 명예나 사회가 되고, 모든 것이 소설의 첫 장부터 예고되어 마지막 장까지 늦추어진 결혼에 의해 끝난다. 그리하여 해피엔드가 17세기 문학에 의해 등장한다. 진정한 기사도 소설이 죽음으로 끝이 났다면, 봉건 영주의 시대가 끝나고 절대 왕정이 확립되어 질서를 갈구하는 17세기에는 모든 것이 제자리로 돌아가는 것을 바라기 때문에 소설의 결말이 불행이 아닌 행복으로 귀결된다. 뿐만 아니라 비극적인 요소들도 차츰 '감동적'인 요소로 변하고, 운명도 단순한 문학적 장치로 둔갑하게 된다.

17세기에는 한편으로 데카르트의 합리주의가 자리를 잡는가 하면, 다른 한편으로는 섬세함과 세련됨을 추구하여 과장되고 지나칠 정도로 '겉멋을 부리는précieux' 귀족들이 살롱Salon을 중심으로 사교계를 형성하여 사랑의 이상을 명예와 너그러움, 예의와 품위, 자질과 존경 위에 세웠다.[31] 그 대표적인 작품이 마담 드 라파예트Madame de Lafayette의 『클레브 공작부인La Princesse de Clèves』(1678)이다.

---

31 '프레시오지테(préciosité)'의 사전적 의미는 '겉멋', '꾸민 태도', '세련됨'이며, 17세기의 재치 있고 세련된 취향의 문학적 경향을 뜻하는 용어이다. 랑부이예 후작부인(Marquise de Rambouillet, 1588~1665)이 열었던 살롱을 비롯해서 도처에 생겨난 살롱들은 말씨와 예절, 취미를 세련하여 사교 정신을 길렀으며, 조화와 질서를 중시하는 고전주의 정신을 확장시키는 데 일조했다. 또한 1634년 창설된 아카데미 프랑세즈와 함께 프랑스어를 순화하는 데 중요한 역할을 했다.

16세의 어린 나이에 사랑이 무엇인지도 모르고 클레브 공작과 결혼한 샤르트르Chartres는 젊은 미남자인 느무르 공작Duc de Nemours에게 마음을 빼앗긴다. 그녀는 흔들리는 마음을 어머니와 남편에게 고백하고 자신을 바로잡아 달라고 요청한다. 어머니는 딸에게 남편과 자기 자신에 대한 의무를 저버리지 말라고 타이르면서 숨을 거두고, 남편은 그녀의 고백을 다정하게 받아 주지만 거짓 증거로 그녀를 의심하여 깊은 슬픔에 잠겨 있다가 아내의 결백을 알게 되자 곧 죽음에 이르고 만다. 클레브 공작부인은 남편의 죽음으로 자유로운 몸이 되지만, 그의 죽음의 직접적인 원인이었던 느무르 공작의 사랑을 받아들이지 않고 수녀원으로 은거하며 두문불출하며 살다가 머지않아 숨을 거둔다. 　　　　　　　－ 사랑과 책임감

　이 작품은 정숙한 연애관, 명예를 위하여 사랑을 억제하는 영웅적이고 감동적인 언행이 심리적 통찰과 함께 섬세하게 나타난 고전주의 소설의 걸작으로 평가되는 작품이다. 이제 사랑에는 엄중한 심리 분석이 따르게 되는데, 사랑의 지속성에 대해 일종의 의심을 품는 경향이 생겨나기 시작한다. 작가인 라파예트 부인은 사랑의 힘에 대해 부정하지는 않지만, 궁정의 그 많은 열정적 여인들이 처한 운명을 지켜보면서 클레브 공작부인으로 하여금 영원한 사랑을 바라보게 하기보다는 조심하고 포기하게 했다. 그렇지만 정숙함이라는 것도 사실 알고 보면 영원히 잊히지 않고 사랑받고자 하는 갈망의 다른 표현이라고 볼 수 있다. 느무르가 뭇 여성들의 사랑을 받는 마당에 클레브 부인이 자신의 열정을 이겨내지 못한다면 자신도 느

마담 드 라파예트의 초상

무르가 정복한 여인들 중 하나가 되고 말기에, 이를 거부하고 수녀원에 들어가 버리는 것이다.

이 작품에서는 과거 신화에서의 죽음이 의도적인 결별로 약화되고, 기사도는 정숙함이라는 미덕에 그 자리를 내준다. 다시 말해 신화에서는 유한한 인간의 힘으로 어쩔 수 없는 죽음이라는 운명 때문에 연인들이 갈라졌다면, 여기에서는 인간의 자유의지와 결정으로 인해 결별하게 된다는 차이를 보인다. 또한 중세에는 기사도 정신 때문에 인내하고 절도를 지켰다면, 17세기에 이르러서는 미덕이라는 도덕적 책임감이 중요해졌음을 알 수 있다. 그러나 이러한 미덕도 "연애 없이 결혼이 이루어지면, 결혼 없는 연애가 생기게 되는" 자연스러운 현상을 막지는 못하는 것 같다.

그런가 하면, 자유사상가libertin들은 위의 작품과 같은 사랑의 이상주의를 기쁨과 쾌락의 이름으로 조롱했다. 그 대표적인 작품이 몰리에르Molière의 『돈 주앙Don Juan』이다. 이 작품은 1630년 스페인 티르소 데 몰리나Tirso de Molina의 『세비야의 허풍쟁이El burlador de Sevilla』, 1650년 이탈리아 치코니니Cicognini의 『돌 석상Convitato di pietra』, 그리고 1665년 프랑스 몰리에르의 『돈 주앙』을 거쳐, 1787년 모차르트Mozart가 오페라 〈돈 조반니Don Giovanni〉를 만들기까지 복수複數적인 의미의 사랑의 대명사이자 상징으로서 오늘날까지도 생생하게 남아 있다.

'자유사상'이라고 번역되는 '리베르티나주libertinage'는 17세기의 하나의 지적인 태도 또는 세계관을 지칭한다. 17세기의 '자유사상가'는 종교적인 차원의 미신이나 도덕적 선입견에서 벗어난 자유로운 정신, 즉 일반 대중의 어리석음에서 해방되고 이성의 절대적인 빛으로 일깨워진 사람을 뜻하는 경우가 많았다. 이런 사람들은 대개 지적인 부르주아 가문 출신의 교양인과 학자들이었다. 물론 17세기 자유사상가들이 추구한 자유사상이 품행의 방종과 방탕을 동반하지 않은 것은 아니었으며, 이런 풍기문란에 해당하는 자유사상은 주로 어느 정도 사회적 특권을 가지고 있으며 학문적 야망은 없었던 일부 귀족 계층에서 행해졌다.

『돈 주앙』은 위선적인 종교인들을 고발하는 『타르튀프Tartuffe』 (1666)라는 희곡을 발표함으로써 공연 금지와 함께 종교 모독죄로 궁지에 몰린 자신의 처지를 만회하기 위해 몰리에르가 쓴 작품이다. 신화가 된 이 인물은 시대에 따라서 때로는 부정적인 인물로, 또 때로는 긍정적인 인물로 그려지는 매우 역설적인 존재다. 17세기에는 신을 모독하고 자유를 추구한다는 미명하에 풍속을 흐려 놓는 경범죄를 저지른 위험한 자로 여겨 돈 주앙을 비난했다. 18세기 말에서 19세기 초에는 낭만주의가 추앙하는 반항자로 간주되기도 했고, 19세기에는 오로지 여자를 밝히는 난봉꾼으로 조명되기도 했다. 주인공이 많은 여성을 수없이 정복하고 차례로 버리면서 신에게 도전하다가 타오르는 지옥의 불덩이 속에 던져진다는 내용을 다루었으나, 오히려 그 과정에서 풍속을 흐려 놓는다는 이유로 더 큰 반발을 산 작품이다. 모호하고 분명치 않은 또 다른 도덕 형식을 제시한 이 작품의 내용은 다음과 같다.

돈 주앙은 수녀원에서 참하게 생활하는 엘비르Elvire를 유혹하여 결혼하자마자 버리고, 하인 스가나렐Sganarelle을 데리고 새로운 상대를 찾아 연애 모험에 나선다. 그의 뒤를 쫓던 엘비르의 오빠가 숲속에서 도둑들의 습격을 받다 곤경에 처하자 돈 주앙은 그를 살려내는 용감함과 정의로움을 보여 주기도 하지만, 사랑에서는 비겁하고 거짓말을 잘하며 수많은 대상을 끊임없이 추구하여 변화를 찾아다니는 신앙심 없는 바람둥이 귀족이다. 교만함 때문에 결국 지옥으로 떨어져 신의 심판을 받게 되는 이 전설적인 유혹자는 훗날에도 여성과 남성의 은밀한 환상이 되었다.　　　　— 사랑과 모험

돈 주앙의 줄거리는 24시간 안에 일어나는지 열흘이 걸리는지 혹은 10년이 걸리는지가 중요하지 않다. 또 공간적으로도 어떤 마을이나 도시, 더 나아가 어느 나라라도 상관없다. 몰리에르도 공간을 정확하게 제시하는 대신 단지 "무대는 시칠리아"라고만 써 놓은 것이 지문의 전부다. 이는 무대를 불분명한 가공의 장소로 설정했던 당시 전원극les pastorales[32]의 영향일 수도 있고, 여인들을 능멸하며 신을 모독하는 공간으로 프랑스가 제시되는 것을 피하기 위해서 그랬을 수도 있다. 그 밖의 공간은 "정원이 들여다보이는 궁전"이나 "녹음이 우거진 숲속"같이 모호하고 추상적인 장소이다. 중요한 것은 존재할 수 있는 모든 세상이 돈 주앙의 활동 무대라는 점이다.

이 세상에는 항상 새로운 경치를 찾아 여행하는 것을 좋아하는 사람들이 있다. 이들은 같은 장소에 머무르면 지루해한다. 그런가 하면 어떤 경치에 마음을 빼앗겨 그 경치의 다양함을 발견하는 사람들도 있다. 그들은 계절이 바뀔 때마다 그 경치의 여러 뉘앙스를 볼

32　전원의 목가적인 풍속과 인생 등에 대한 주제를 다루는 장르로, 고대 그리스·로마 시대부터 존재했다. 르네상스 시대에 이탈리아에서 다시 각광받기 시작했고, 프랑스에서도 소설, 극, 시 등 다양한 형태로 창작되었다. 전원극은 '전원 비극', '전원 희극', '전원 희비극', '전원 풍자극' 등 여러 양상으로 발전했고, 17세기에 들어서는 오페라, 발레, 음악과 혼합되어 공연되기도 했다.

줄 안다. 그런데 돈 주앙은 같은 경치에 진력을 내는 인물이다. 그는 미인들을 향한 어쩔 수 없는 움직임에 대해 이렇게 말한다.

"나는 사랑의 자유를 원해. 그리고 나는 내 마음을 꼭꼭 가두어 두지도 못하지. (…) 나는 나의 시선을 끄는 모든 것에 몸을 내맡기는 자연적인 성향이 있어. 나의 마음은 모든 여자들 거야. 그러니까 내 마음을 차례대로 가지고 할 수 있는 데까지 사로잡는 것은 바로 여자들이 할 몫이지."

– 「돈 주앙」 3막 5장

돈 주앙이 이 여자에서 저 여자에게로 결혼 약속을 하면서 '옮겨 다니는' 이유는, 그 많은 여자들이 그의 욕망에 대한 대답이 될 수 없고 그의 끝없는 욕망을 잠재워 멈추게 하지 못하기 때문이다. 이는 곧 다양함을 추구하고자 하는 그의 열정이 궁극적으로 단조로움으로 치닫게 되는 것을 뜻한다. 그는 한 여자에게 매이지 않는 자유를 원하지만, 이 또한 돈 주앙이 자신의 끊임없는 욕망으로부터 자유로워지지 못하게 하는 모순적인 상황을 만들어 낸다. 늘 굶주린 욕망을 구현하다 보니, 유혹의 승승장구 뒤에 따라오는 실망감으로 인해 갇힌 순화 구조를 반복할 수밖에 없는 것이 돈 주앙의 삶이다. 순간적인 욕망의 발산이라는 위협 속에 그의 삶은 일시적이고 발작적일 수밖에 없어서 근본적으로 비극적인 시간성을 지닌 인물로 묘사된다.

몰리에르 사후에 출판된 작품집에 실린 『돈 주앙 또는 돌의 만찬』 속표지 그림(1682)

돈 주앙은 새로운 관계를 만들어 내고 끊어 내고 또다시 새로운 관계를 만들어 냄으로써, 정복과 결별이라는 닫힌 순환 궤도에서 벗어나기를 거부한다. 매 순간 새로운 관계로 다시 태어나는 돈 주앙의 삶은 지속되지 않기에 그의 삶은 끊임없이 다시 시작한다. 그리고 그의 희생자 한 명 한 명은 그의 순환적인 시간 속에서 반복하는 주기를 측정할 수 있는 지표 역할을 한다. 희생자가 존재하는 한 돈 주앙의 시간은 순환할 것이고, 그렇기 때문에 그의 과거는 결국 미래의 예시이며 미래 역시 과거와 같은 역사를 가지고 순환한다. 다만 하루나 한 주, 계절 등 자연의 주기가 끝이 없는 무한한 순환성을 지닌다면, 돈 주앙의 시간은 연속적으로 흐르는 시간 안에 제한되어 있다는 사실만이 다를 뿐이다.

그렇다면 도대체 무엇이 돈 주앙으로 하여금 무수히 많은 여자들을 쫓아다니게 하는가? 그는 도대체 무엇을 찾는 것일까? 그 반대로 그의 무엇이 여자들을 그토록 유혹하는가? 왜 남자들은 돈 주앙을 꿈꾸며, 그처럼 행동하기를 원하는가? 돈 주앙은 본능에 즉각 반응을 하며 여자를 쉼 없이 찾아다니지만, 끊임없는 결별로 인해 어떤 여자도 소유할 수 없는 존재다. 소유의 관점에서 본다면 돈 주앙은 트리스탄의 전도된 모습을 한 인물이다. 트리스탄이 소유할 수 없는 한 여성 이졸데를 끊임없는 열정으로 사랑했다면, 돈 주앙은 셀 수 없을 만치[33] 많은 여성들을 소유하지만 궁극적으로는 아무도

---

33 모차르트의 오페라 〈돈 조반니〉에 그 셀 수 없는 숫자가 온 유럽에 걸쳐 대략적으로

사랑하지 않는, 더 정확히 표현하자면 사랑할 수 없는 인물이기 때문이다. 정복을 위한 끊임없는 움직임으로 대변되는 돈 주앙은 과거도 미래도 없이 찰나를 살아가며, 사랑할 시간도 기다릴 시간도 없는 존재다. '첫눈에 반하는 것'이 돈 주앙의 몫이라면, 열정의 '운명'은 트리스탄의 몫이다. 그리하여 욕망은 빠르게 아무 곳이나 다 가지만, 사랑은 느리고 어려우며 한 인생을 진정으로 다 바치는 것이다.

무한한 숫자의 여성을 '수집'하려는 의지는 바위가 떨어져 내릴 줄 알면서도 계속해서 다시 올려야 하는 시시포스의 운명과 비슷하다. 시시포스는 그리스 신화에 나오는 인간 가운데 가장 교활한 인물로 유명하다. 여러 차례 신들을 속였고, 심지어는 저 위대한 제우스가 보낸 죽음의 신도 속여서 죽지 않고 살아남았던 인물이다. 신들을 기만한 죄로 시시포스는 커다란 바위를 산꼭대기로 밀어 올리는 형벌을 받는다. 밀어 올려서 언젠가 그 바위가 산꼭대기에 안착해 있으면 좋으련만, 시시포스가 정상 근처까지 올린 바위는 다시 아래로 굴러 떨어진다. 그러면 시시포스는 또다시 바위를 밀어 올리고, 바위는 다시 굴러 내려오고…. 이 일을 감내해야 하는 것이 시시포스의 영벌이다. 시시포스는 자신이 형벌을 받고 있음을 인식하고 있지만, 운명을 바꿔 볼 방법이 없기 때문에 자신의 역할에 충실할 수밖에 없다. 그는 바위에 깔려 죽지 않기 위해서 쉼 없이 바위

나오는데 이탈리아에 640명, 독일에 231명, 프랑스에 100명, 터키에 91명, 그리고 스페인에 1003명이다.

모차르트의 오페라 〈돈 조반니〉의 공연 장면(웨일스 내셔널 오페라, 2018) © Richard Hubert Smith

를 산꼭대기로 밀어 올린다.

돈 주앙도 자신이 형벌을 받고 있다는 것을 알고 있으며, 그 운명을 어떻게 할 도리가 없기에 자기의 역할과 목표를 포기하지 않고 진지하게 받아들인다. 그래서 정열적인 돈 주앙은 자신의 운명을 실현하는 데 온 정신을 쏟으며, 여자들을 소유하기 위해서가 아니라 버리기 위해서 시시포스처럼 쉴 새 없이 유혹하는 것이다.

돈 주앙은 이처럼 사랑에 도달했는가 하면 다시 멀어진다. 그래서 그의 고통은 탄탈로스의 고통에 비견할 수 있다. 탄탈로스는 그리스 신화 속 제우스의 아들이다. 아버지 덕분에 신들의 사랑을 받고 자랐는데, 신들의 식탁에 초대받아 식사한 후 거기에서 있었던 일을 인간 세상에 누설했다는 이유로, 또는 신들의 음식을 훔쳐서 인간에게 주었다는 이유로 벌을 받는다. 신의 형벌을 받아서 목까지 차오르는 늪 속에 잠기게 된 탄탈로스는 눈앞의 과일나무 가지에 달린 과일을 따 먹으려고 하면 가지가 멀리 물러나고, 목이 말라 물을 마시려고 고개를 숙이면 물이 점점 밑으로 내려가서 영원한 굶주림과 갈증으로 고통스럽게 지낸다. 그래서 탄탈로스의 고통은 원하는 것을 눈앞에 두고 얻지 못하는 인간이 받을 수 있는 최고의 안타까운 고통, 혹은 애타는 괴로움을 의미한다.

돈 주앙이 가능한 많은 그리고 새로운 여성들을 통해서 찾고자 했던 이상적인 여성은 존재하지 않았다. 이런 사실은 오히려 돈 주앙이 사랑할 수 있는 능력이 없는 존재임을 반증한다. 자신의 진정한 능력에 대해 맹목적인 야망을 가진 돈 주앙은 이렇게 외친다.

"사랑의 모든 기쁨은 모든 변화 속에 있는 것이야! (…) 아무도 나의 욕망의 확고함을 막을 수 없어. 나는 온 세상을 사랑할 수 있는 가슴을 느끼고 있어. 그리고 알렉산드로스 대왕처럼 다른 세계들이 있었으면 좋겠어. 그곳에도 사랑 정복의 영역을 넓힐 수 있게."
                                                              - 「돈 주앙」 1막 2장

돈 주앙에게는 이 세상에 주어진 시간이 짧고, 주어진 공간이 좁을 따름이다. 이런 원대한 정복욕에도 불구하고, 사실 그는 무한하지도 유한하지도 않은 그러나 막연한 존재로서 자신의 욕구를 맹목적으로 추구하는 인물[34]이라고 할 수 있다. 그는 궁극적으로는 벗어나기를 원하게 될 대상을 지속적으로 유혹한다. 다시 말해 시작하자마자 곧 끝내는, 끝까지 가지 않는 반복성에서 자신의 존재의 의미와 움직임을 느끼는 것이다.

돈 주앙에게는 선과 악은 존재하지 않고 오로지 기쁨만이 존재할 따름이다. 기쁨만이 유일하게 그를 잡아 둘 수 있다. 그의 삶은 단지 순간들의 연속일 따름이고, 그는 이기적으로 본능을 쫓기에 바쁘다. 그리고 그 본능이 추구하는 다양하지만 깊지 않은 기쁨은 자신의 능력을 시험하는 정복 속에 있다. 몰리에르의 사랑은 기독교적인 도덕과는 전혀 상관없는 인간적인 도덕, 즉 본능의 정당함에 바탕을 두고 있다. 사랑이 즐거움이나 쾌락 같은 긍정적인 감정들로만 완성되는 것이 아님에도 오로지 소모적인 가치들만 추구했던 돈 주앙은 지옥에서 최후를 맞는다. 하지만 다른 한편으로 몰리에르는 이 작품에서 숭고하지도 엄격하지도 종교적이지도 않은 개인의 행복에 치중하는 실제적인 사랑을 옹호함으로써, 결점이 많아도 뚜렷한 개성을 지닌 인물들이 사랑의 자연 법칙을 따르게 했다. 이 점은 같은 시기의 정숙한 사랑을 표방하는 문학 기류와는 분명히 선을 그은 것이다.

그런가 하면 몰리에르, 코르네유Pierre Corneille[35]와 함께 고전주의

---

34 Jacques Guicharnaud, *Molière: Une aventure théâtrale*, Gallimard, 1900, p. 309.
35 코르네유는 이성이나 도덕성에 열정을 귀속시킴으로써 주인공들로 하여금 의

시대의 3대 작가로 알려진 라신Jean Racine[36]은 기독교적인 영감에서 영향을 받아 『페드르Phèdre』(1677)를 썼다. 이 작품은 근친상간, 간통, 거짓말, 욕망의 분출 등 대담한 주제를 담고 있다. 고전주의는 이성, 질서, 중용, 절제, 조화와 같은 가치를 중시하며, 규칙과 원칙에 충실한 문예 사조다. 고전주의 연극에서 희극과 비극은 한 작품에 공존할 수 없었는데, 장르마다 주어진 원칙이 엄격했기 때문이다. 금지된 사랑을 하게 되어 격심한 위기 상태에 빠진 정열을 그린 라신의 비극 『페드르』는 잔인하고 저항할 수 없는 숙명적인 것이 사랑임을 보여 준다. 고대의 비극에서 영향을 받은 이 작품의 내용은 이러하다.

아테네의 왕 테제(테세우스)의 행방이 6개월 전부터 묘연하자 모두들 그가 죽었다고 믿고 있다. 그의 아내 페드르(파이드라)는 남편의 전처 아들인 이폴리트(히폴리토스)를 제어할 수 없을 정도로 사랑하여 고통 속에서 지낸다. 그녀는 하녀인 외논(오이노네)의

지를 가지고 열정을 부인하고 이겨내도록 한다. 주요 작품으로는 『르 시드Le Cid』(1636~1637), 『오라스Horace』(1640), 『신나Cinna』(1640), 『폴리외크트Polyeucte』(1643), 『니코메드Nicomède』(1651) 등이 있다.

36 라신은 17세기 장세니즘(Jansénisme)의 비관주의에 영향을 받은 것으로 알려져 있다. 장세니즘은 네덜란드의 가톨릭 신학자 얀센이 주창한 교의로서, 라신이 공부했던 파리 교외의 포르루아얄 수도원을 중심으로 전개되었다. 장세니즘은 르네상스 이후 인본주의의 영향을 받아 인간 중심이 된 프랑스 그리스도교가 초대 그리스도교회의 엄격한 윤리로 되돌아갈 것을 촉구했으며, 인간의 본성에 대한 비관적 견해를 견지하여 신의 은혜를 강조하고 인간의 자유의지를 부정하는 학설을 주장했다.

격려로 용기를 내어 이폴리트에게 자신의 불타오르는 연정을 고백하기에 이른다. 그러나 아리시(아리시아)를 사랑하는 이폴리트는 그녀의 고백에 냉담하게 반응할 뿐이다. 그러던 중 죽은 줄로 알았던 테제가 살아서 돌아온다. 수치심으로 어쩔 바를 모르던 페드르를 구하기 위해 하녀 외논은 오히려 이폴리트가 오래전부터 왕비에게 연정을 품어 왔다고 거짓 고발을 한다. 이에 격노한 테제는 아들에게 변명의 기회조차 주지 않은 채 쫓아내고, 바다의 신 넵튠의 노여움이 아들의 머리 위에 떨어지라는 저주를 한다. 페드르는 이폴리트의 무고함을 밝히려다 아리시라는 연적이 있다는 사실을 알고 입을 닫아 버린다. 넵튠은 테제의 저주를 들어주기 위해 이폴리트가 가는 길에 바다의 괴물을 보내 이폴리트가 날뛰는 말들에게 끌려 다니다 죽게 한다. 그러자 스스로 죄를 벌하기 위해 독약을 마신 페드르는 그제야 테제에게 자신의 죄를 고백하고 죽는다. 왕으로서, 아버지로서, 또 남편으로서 재판관 역할을 했던 테제는 자신의 경솔한 행동을 뉘우치며, 아들의 마지막 소원을 들어주기 위해 아리시를 수양딸로 삼는다. — 사랑과 운명

라신은 이성이나 의지가 사랑의 격렬함 앞에서 무력하게 무너지게 만드는 정열을 어떻게 이해했을까? 그는 사람의 마음속에 조용히 잠자고 있다가 일단 폭발하면 가장 세련되고 고상해 보이는 사람조차도 본래의 난폭성을 드러내게 하는 충동적이고 파괴적인 힘을 가리켜 정열이라고 했다. 그런 의미에서 『페드르』는 정열의 비극이다. 사랑은 조화와 기쁨의 약속이 아니라, 삼켜 버리는 불이며 으깨 버리는 힘이자 목숨을 앗아 가는 병인 것이다. 그래서 사랑은 페드

MELINA MERCOURI   ANTHONY PERKINS
AND RAF VALLONE
IN JULES DASSIN'S PRODUCTION OF
phaedra

영화 〈페드라〉(1962, 줄스 다신 감독)의 포스터

르를 타락시키고 영혼과 육체를 파괴해 버린다.

　그런데 이 사랑도 신의 저주[37]에 의한 것으로서, 한낱 인간의 의지로는 어쩔 수가 없다. 운명적인 사랑을 할 수밖에 없는 페드르가 정열을 이기지 못해 하녀 외논에게 자신의 고통을 고백하는 장면은, 이졸데가 운명적인 실수를 한 하녀 브랑지앵에게 이길 수 없는 운명을 고백하는 장면과 유사하다. 이 작품은 여전히 자주적인 의지의

37　이폴리트(히폴리토스)는 젊은 사냥꾼으로, 아르테미스를 숭배하지만 아프로디테를 경멸하다가 화를 입는다. 즉 사랑의 여신인 아프로디테가 페드르(파이드라)로 하여금 이폴리트에게 격렬한 열정을 느끼게 하여 복수를 하는 것이다. 그래서 페드르와 이폴리트는 아프로디테와 아르테미스가 벌이는 전쟁의 희생자이기도 하다.

움직임보다는 신들의 징벌에 의해 동기가 부여되는 것을 보여 준다. 그러나 작가 라신은 비록 이길 수 없는 운명이라 할지라도 인간이 저지른 최소한의 잘못에도 가혹한 벌을 받게 한다. 더 나아가 잘못을 저지른다는 생각만으로도 이미 잘못을 저지른 것으로 간주한다. 그래서 죽음은 저지른 죄에 대한 당연한 대가로 받는 형벌이다.

하지만 작가가 『페드르』의 서문에서 밝혔듯이 페드르는 전적으로 무죄도 아니고 전적으로 유죄도 아니다. 파스칼의 표현에 따르자면 페드르는 "천사도 짐승도 아닌" 인간의 상징적인 이미지인 셈이다.

18세기: 계몽주의 시대의 사랑

⋮

18세기는 계몽주의 시대로, 전통적인 모든 규율을 거부하고 반기독교와 반군주제를 추구했다. 17세기에 태양왕 루이 14세에 의해 완성된 '왕권신수설'에서 보듯이, 구체제Ancien Régime에서 종교와 정치는 매우 밀접한 관계를 맺고 있었다. 그리고 18세기에 들어서면서 종교와 함께 정치의 권위도 전면적인 비판의 대상이 된다. 17세기까지 기독교가 정치권력의 근원을 신에게서 찾은 데 반해, 18세기의 정치 사상은 전적으로 세속화되었다. 계몽주의자들에게 왕정은 더 이상 유일하게 자연스러운 정치 형태가 아니었으며 가능한 여러 정치 형태 중 하나에 불과했다. 대표적인 계몽주의자 루소는 『사회계약론Du contrat social』에서 정치권력의 원천은 국민에게 있으며 국민은 일정한 쌍무적 계약 조건에 의해 자신의 권리를 지배자에게 위임한 것이라는 급진적인 내용을 주장했다. 몽테스키외Charles De Montesquieu는 『법의 정신De l'esprit des lois』에서 전제 정치에 대한 날카로운 분석을 전개하고, 권력의 분립과 견제라는 새로운 해결책을 제시했다. 이런 사상은 디드로Denis Diderot와 달랑베르Jean Le Rond D'Alembert의 『백과전서Encyclopédie』 등을 통해 널리 퍼져 나갔고, 1776년 미국의 독립과 1789년 프랑스 대혁명을 통해 현실 정치에 지대한 영향을 미쳤다.

18세기의 문학은 계몽주의적 사회 과학과 연관된 비판 정신과 사상적 가치를 중시하는 경향이 강했으며 많은 혁신을 가져왔다. 그래서 17세기까지 라신이나 코르네유 등이 창작했던 비극은 점차 사라지고, 사회 풍자극을 대표하는 보마르셰나 심리 희극을 많이 집필한 마리보Pierre de Marivaux 등에 의해 희극이 각광을 받는다. 또한 소설이 18세기에 근세 신흥 문학으로서의 자리를 굳혀 가며, 이후 19세기에는 소설의 세기라고 할 정도로 다양한 장르의 소설이 문학의 중심부에 위치하게 된다. 17세기까지 소설은 문학에서 중요한 장르가 아니었으며, 시나 연극이 문학을 대표했고 문학을 향유하는 사람들은 귀족들이었다. 그러나 18세기에 이르러 소설은 대중 독자들을 획득할 수 있었는데, 일상생활에서 흔히 만날 수 있는 인물들이 등장하고, 시대의 풍속을 자연스럽게 묘사했기 때문이다.

사랑이라는 주제를 놓고 보면 18세기에는 사랑의 신 에로스도 더 이상 감당할 수 없는 운명이 아니라 변덕스럽고 가벼운 어린아이의 모습으로 나타난다. 그런 점에서 18세기는 트리스탄과 이졸데의 신화로부터 벗어난 듯하다. 당시 문학에서 사랑을 다룰 때는 일반적으로 가슴으로 느끼는 감정을 믿기보다는 머리로 하는 사랑을 믿는 인물들이 등장한다는 특징을 띤다. 그리하여 여자들이 가슴이 아닌 머리로 계산하며 사랑하는 '여성 돈주앙니즘don-juanisme féminin'이 생겨났고, 최초의 남성 편력을 보여 주는 여주인공들이 이 시기에 대거 등장하기 시작한다.

이러한 인물들이 대두되면서, 18세기에는 기계적인 규칙을 지키고 사교계의 예절에만 신경을 쓰던 비극이 급속히 쇠퇴하여 인공적인 장르로 취급받게 되었다. 그리고 사랑을 섬세하게 분석하는 마리보의 희극이 독보적인 위치를 점하게 된다. 마리보가 다루는 사랑은 신비롭거나 열정적이거나 공상적이지 않다. 단지 사랑이 자연스러운 감정, 진실한 감정의 모습으로 등장하여 환상이라는 테두리 안에서 승리를 거둔다.

그 과정에서 가장 중요한 요소는 거짓인데, 작가는 주인공들의 생각이나 의도를 숨기고 그들이 생각하고 있지 않은 바를 말함으로써 진실에 도달하기 위해 거짓을 수단으로 삼는다. 이처럼 작품 속에서 허구로 만들어 낸 존재를 통해 거짓을 거짓으로 고발하는 전략은 이중의 칼날이 되어, 인간 마음의 진실을 시험한다. 결국 마리보의 모든 연극은 인물들이 파 놓은 함정의 이야기이고, 인물들이 관중보다 늦게 마지막 장면에서 그들 자신을 발견함으로써 그 순진함으로 관중들을 미소 짓게 한다. 마리보의 대표적인 작품인 『사랑과 우연의 장난Le Jeu de l'amour et du hasard』(1730)을 보자.

실비아Silvia는 아버지가 자신을 도랑트Dorante라는 사람과 결혼시키려 한다는 사실을 알게 된다. 그래서 꾀를 내어 하녀인 리제트Lisette를 자기처럼 변장시키고, 자신은 하녀로 가장하여 구혼자를 살펴보기로 작정한다. 아버지는 이에 흔쾌히 동의하는데, 그도 그럴 것이 도랑트의 아버지로부터 도랑트도 같은 생각을 가지고 하인인 아를캥Arlequin과 신분을 바꿔치기했다는 전갈을 이미 받앉기 때문이다. 실비아와 도랑트는 서로 사랑에 빠지지만, 각각 서로의 신분에 어울리지 않는 사랑에 부끄러워하며 고민한다. 하인들은 하인들대로 서로에게 반하지만, 이들 역시 희망 없는 사랑에 절망한다. 줄거리가 진전됨에 따라 차례로 네 사람의 정체가 밝혀지지만, 마지막까지 속고 있던 도랑트는 실비아를 사랑한 나머지 재산과 신분, 모든 것을 버릴 생각을 하고 실비아에게 사랑을 고백하며 구혼한다. 그제야 실비아는 자신의 진짜 신분을 밝히고 극은 해피엔드로 끝난다.

— 사랑과 장난

사랑과 자존심을 구분할 수 없는 이 작품에서 주인공들은 자기 본연의 얼굴을 보이고 마음을 열기 위해 대단원의 막이 내려지는 순간까지 기다려야 한다. 그래서 마리보식 문체, 즉 수다스러운 '마리보다주marivaudage'라는 단어가 등장한다. "부자연스럽게 꾸민 말투"라는 뜻의 이 표현은 작가의 이름에서 비롯된 것으로, 감미로운 사랑의 감정을 다루는 마리보의 작품들에서 기인한다. 한편 미셸 드기Michel Deguy라는 평론가는 "marivaudage＝mariage(결혼)＋rivaux(라이벌들)"이라고 단어를 풀어 분석하면서, 작품 속 남녀 주인공들이 처음에는 라이벌처럼 행동하지만 결국 결합함으로써 극이 행복한 결말을 맺는다는 의미로 해석하기도 했다.[38]

『사랑과 우연의 장난』이라는 제목이 시사하는 것처럼, 사랑은 운명이라는 무거운 무게를 벗어던지고 눈물 없는 사랑이 되어 '장난'이

---

38 Michel Deguy, *La machine matrimoniale ou marivaux*, Gallimard, 1981.

P. DE MARIVAUX. 1743.

피에르 드 마리보의 초상

라는 유희의 수준으로 그 주제가 많이 가벼워진다. 사랑을 다루는 데 전문가인 마리보는 사랑이라는 주제를 아예 따로 떼어 내어, 인물들이 사랑을 찾아가는 과정을 희극적으로 그렸다. 그는 사랑이라는 감정을 통해 인간의 숨겨진 정서를 묘사하고 사랑하는 인물들의 심리 상태와 사랑의 진행 단계에 따른 뉘앙스들을 그려내는 데 특별한 재능이 있다는 평가를 받는다. 마리보의 인물들은 처음 만날 때부터 사랑을 느끼지만, 상대방의 감정에 대한 확신을 갖고자 서로 살펴보고, 뜯어보고, 함정도 파 본다. 그래서 주인공들이 사랑, 감동, 육체적인 사랑을 인정하고 받아들이기까지 작품의 전 소요 시간이 필요하다. 인물들은 몸이 마음보다 앞서고 몸은 마음을 거부하는 현실을 체질적으로 자각하고 있지만, 사랑한다는 것은 두려운 일이기 때문에 자신을 보호하기 위해 가면을 쓴다. 그러나 가면은 사실 인물들이 겪는 내적 고통의 가시적인 흔적이다. 이처럼 마리보는 사랑은 한쪽에서 일방적으로 하고 다른 한쪽에서 일방적으로 받는 것이 아니라 항상 상호적이어야 함을 보여 준다. 그래서 서로의 사랑을 확인하는 과정에서 '어떻게' 그렇게 되느냐가 관건이다. 결국 사랑은 온갖 우여곡절을 거친 후에야, 그러나 끊임없는 진전을 계속하면서 어렵게 도달하는 유희, 즉 연극인 것이다.

18세기의 희극 중에서 또 다른 사랑의 승리를 구가하는 작품을 집필한 작가는 보마르셰다. 그의 희극 『세비야의 이발사Le Barbier de Séville』(1775)와 『피가로의 결혼Le Mariage de Figaro』(1784)은 기존의 작품들에 비해 훨씬 대담하고 자유로운 형식으로 귀족들의 사랑과 함께 평민들의 사랑을 기발하고 재치 있게 처리한 점이 독특하다. 두 작품에는 피가로라는 동일 인물이 주인공으로 등장한다. 이 연극들이 처음 공연되었을 때는 피가로라는 인물을 통해 귀족들의 권력 남용을 비판하고, 천부인권설을 옹호하는 주제를 직접적으로 보여 줌으로써 검열의 대상이 되기도 했다. 먼저 세비야에서 이발사로 살아가는 피가로를 만나 보자.

알마비바 백작Comte d'Almaviva이 세비야의 어느 저택 아래에서 서성거리고 있다. 그곳에 사는 로진Rosine에게 반한 그가 사랑의 세레나데를 부르자, 창문을 통해 바르톨로Bartholo와 함께 로진이 얼굴을 내민다. 로진이 결혼한 여자인 것으로 오해한 알마비바가 실의에 빠져 있을 때 우연히 백작의 하인이었던 피가로가 그곳을 지나가게 되고, 그는 백작에게 바르톨로는 로진의 남편이 아니라 후견인이라고 알려 준다.

이제 알마비바 백작은 이발사로서 어느 집에라도 쉽게 들어갈 수 있는 피가로의 도움을 받는다. 바르톨로가 로진의 의지와는 상관없이 결혼을 계획하고 있다는 사실을 알아낸 피가로는 알마비바에게 먼저 술 취한 병사로 변장해서 바르톨로의 집에 들어갈 수 있을 것이라고 귀띔해 주고, 알마비바는 그대로 실행해 로진에게 사랑의 편지를 전할 기회를 갖는다. 피가로의 도움으로 로진의 답장을 받은 알마비바는 피가로와 함께 다시 한 번 바르톨로의 집에 들어가서 로진을 만날 계략을 짠다. 결국 알마비바가 로진의 음악 교사인 바질Bazile의 제자 알론소Alonso로 변장하여 스승 대신 로진에게 음악을 가르치러 온 것으로 꾸며서 로진을 만나 사랑을 속삭인다는 계획이 실현되기에 이른다.

문제는 바로 그날 밤 바르톨로가 알마비바 백작을 견제해 서둘러 로진과 결혼식을 하기로 결정하고 공증인과 두 명의 증인을 불러 놓은 상황이라는 것이다. 그러나 바르톨로가 외출한 틈을 타집 안으로 다시 잠입한 알마비바 백작과 피가로는 이미 준비된 결혼식에서 신랑만 바꾸어 로진과 백작이 부부가 되고, 뒤늦게 도착한 바르톨로는 발만 동동 구른다.

알마비바 백작의 로진을 향한 사랑은 결혼 후에도 지속될 것인가? 우리는 여러 고난을 통과한 후 사랑을 이루어 결혼에 골인하는 해피엔딩 드라마를 수없이 접해 왔다. 보마르셰는 그 이후의 이야기를 『피가로의 결혼』을 통해 보여 준다. 백작의 구애 작전에서 시중을 들던 이발사 피가로는 이제 당당하게 사랑의 주체로서 백작에 대항하여 자신의 사랑을 지켜 나가는 인물로 등장한다.

알마비바 백작의 하인 피가로는 백작부인인 로진의 하녀 쉬잔 Suzanne과 결혼하려 한다. 그런데 그의 행복한 결혼에 두 가지 장애가 있다. 바람둥이 백작이 쉬잔을 노리고 있는 것이 첫 번째 장애이고, 나이 든 하녀 마르슬린Marceline이 피가로와 결혼하려고 마음먹고 있는 것이 두 번째 장애다. 피가로는 예전에 마르슬린에게 돈을 빌리면서 결혼 약속을 서면으로 했기 때문에, 돈을 갚든지 아니면 결혼을 해야 할 궁지에 몰려 있다. 이때 백작이 하인들의 분쟁 재판관으로서 마르슬린의 손을 들어 주는 것이 아닌가? 그런데 마르슬린은 옛날에 잃어버린 자신의 아들이 바로 피가로라는 사실을 갑작스럽게 알게 된다. 그럼으로써 마르슬린이라는 장애물은 제거된다. 이제 백작의 흉계를 폭로하는 일만 남았다. 백작부인의 요청으로 쉬잔은 백작과 정원의 커다란 마로니에 나무 밑에서 만나기로 약속을 한다. 쉬잔으로 변장한 백작부인이 그 자리에 나가고 바람둥이 남편의 탈이 벗겨진다. 결국 백작은 부인에게 용서를 빌고, 피가로와 쉬잔의 결혼식은 즐겁게 진행된다.   – 사랑과 지략

『피가로의 결혼』은 한편으로는 백작, 다른 한편으로는 하인에게 극의 원동력 역할을 균형 있게 배분하고, 약자인 하인과 여성의 입장에 서서 이들을 대변함으로써 자유주의적인 동시에 여성주의적인 작품으로 유명하다. 작가인 보마르셰를 대신하는 피가로가 전제주의에 대한 자유와 평화 그리고 사랑을 대변하며, 사랑의 주인공을 왕족이나 귀족에서 평민으로까지 확대하였다는 중요한 의미를 지니는 희곡이기도 하다. 보마르셰와 더불어, 적어도 사랑 앞에서는 모두가 평등한 세기로 들어섰다고 할 수 있을 터이다.

또한 기지를 발휘하여 주인의 불의한 요구를 좌절시키는 하인의 이야기가 중심 줄거리를 이룬다는 면에서 이 작품은 사회 풍자적인 성격을 강하게 띠고 있다. 백작과 피가로의 대립은 자신의 부당한 특권에 매달리며 죽어 가는 구체제와 젊음과 희망으로 가득 찬 신세계 사이의 대립을 상징하는 것으로 볼 수 있다. 프랑스 대혁명 이

모차르트의 오페라 〈피가로의 결혼〉의 한 장면(몬트리올 오페라, 2011년) © Yves Renaud

전 오랫동안 쌓인 귀족들에 대한 민중과 부르주아지의 불만을 잘 표현했다는 점에서 보마르셰는 루소, 볼테르와 더불어 프랑스 혁명의 도래를 예감한 작가로 평가된다.

한편 18세기에는 또 다른 사랑 이야기도 있다. 애정 소설이 보통 절대적인 열정을 그려 낸다면, 그 열정의 힘과 감성의 열광 속에서 위엄을 찾는 작품이 바로 아베 프레보Abbé Prévost의 『마농 레스코 *Manon Lescaut*』(1731)이다.

젊은 기사 데 그리외Des Grieux는 불길할 정도로 매혹적인 마농에게 반하여, 그녀와 결혼하기 위해 파리로 데리고 온다. 마농도 그를 사랑하지만 그보다는 사실 사치를 더 사랑한다. 그녀는 어느 징세 청부인의 약속에 홀려, 그가 데 그리외의 아버지에게 아들의 계획을 밀고하게 둔다. 데 그리외는 배신한 마농을 잊기로 맹세하고 신학교에 들어가 신부가 되지만, 마농의 매력에 다시 현혹되어 그녀와 함께 속세로 돌아온다. 그런데 마농은 오직 유흥과 오락을 위해 돈을 쓰는 것밖에 모른다. 게다가 난폭하고 파렴치한 마농의 오빠는 데 그리외에게 노름과 속임수 쓰는 방법을 가르쳐 주지만, 그는 서투르게 노름을 하고 속임수를 쓰다가 들켜 마농과 함께 감옥에 갇히는 신세가 된다. 그러나 그들은 탈옥해서 수단과 방법을 가리지 않고 살아가다가, 다시 체포된다.

이번에는 그의 아버지가 당시 부랑배들을 이주시키고 있던 루이지애나로 마농을 보내려 한다. 그녀를 구하기 위해 노력하지만 실패한 데 그리외는 결국 그녀와 함께 미국으로 건너간다. 그들은 신대륙에서 행복하게 살 수도 있었다. 그러나 마농은 총독의 아들을 유혹하고 이에 격분한 데 그리외는 그를 공격해서 그가 죽은 것으로 알고 마농과 함께 사막으로 달아난다. 마농은 그곳에서 추위와 피로를 이기지 못하고 죽음을 맞는다. 데 그리외 역시 그녀의 무덤 위에서 죽을 뻔하던 참에 그들을 찾으러 온 사람들에 의해 목숨을 건지지만, 그 후 처량한 나날을 보낸다.　　　－사랑과 허영

이 소설만큼 주인공들을 끌어올리기는커녕 거역할 수 없는 힘으로 영혼과 삶을 타락시키는 정열의 숙명적인 성격을 잘 묘사한 작품도 없을 것이다. 남자 주인공인 데 그리외는 비록 사람을 죽이고, 훔

아베 프레보와 『마농 레스코』(1753)의 첫 페이지

치고, 아버지의 명예를 더럽히지만, "사랑은 이 세상에 물들지 않은 깨끗한 열정"이라고 주장한다. 한편 여자 주인공 마농 레스코는 선과 악을 구별할 줄 모르고 오로지 자신의 욕구만을 충족시키려고 한다. 그 욕구는 애인들 곁에서 쾌락을 추구하는 것도 아니고 오로지 돈이 부족해지지 않게 하는 것이다. 그녀는 "먹을 빵이 없는데, 다정해질 수 있다고 생각하니?"라고 묻는다. 그래서 마농은 데 그리외를 끊임없이 사랑하면서도 몸을 판다. 훗날 메리메Prosper Mérimée의 『카르멘Carmen』(1845)을 연상시키는 『마농 레스코』는 정열이 자신을 망치고 있음을 인식하면서도 저항하지 못하는 남자와 가난을 참지 못하며 교태를 사랑으로 알고 사는 여인의 이야기다.

뒤마 피스Alexandre Dumas fils는 1848년에 마농 레스코라는 인물을 모델 삼아 『동백꽃 아가씨La Dame aux camélias』, 일명 '춘희'로 다시 탄생시킨다. 작가는 시대상에 부합하는 인물을 창조하고자, 당시 많은 희생자를 내었던 폐결핵을 토대로 이야기를 전개한다. 폐결핵에 걸려 창백한 여자 주인공 마르그리트Marguerite는 그 창백함으로 인해 오히려 더 매력을 발산하는 인물로 그려진다. 또 마농과 달리 마르그리트는 희생을 꿈꾸다가 다른 위대한 여주인공들처럼 사랑으로 부당하게 죽음에 이른다. 이 작품은 파리의 화류계 여성이었지만 병약한 마르그리트가 지방 귀족의 아들인 아르망Armand과 만나 사랑에 빠지지만, 신분의 차이를 극복하지 못하고 사랑하는 사람의 아버지의 종용으로 아르망을 떠나보내는 희생을 치른 후 죽게 된다는 순애보적인 이야기다. 이 이야기는 1853년 주세페 베르디Giuseppe Verdi의 오페라 〈라 트라비아타La Traviata〉로 되살아나 신화가 되었다. 이후 현대에 에릭 시걸Erich Segal은 소설 『러브 스토리Love Story』(1969)를 발표해 큰 인기를 얻었고, 이듬해인 1970년 작가가 직접 시나리오를 쓴 동명의 영화가 아카데미상을 휩쓸기도 했다. 부잣집 남학생인 올리버Oliver가 부모의 반대를 무릅쓰고 가난한 여학생 제니Jenny와 결혼하여 행복하게 살려고 하지만 그녀가 백혈병에 걸려 죽음에 이르고 마는 이야기는 자연스럽게 『동백꽃 아가씨』의 마르그리트를 상기시킨다.

가장 위험하고 사악한 성격의 사랑을 대표하는 18세기의 작품

영화 〈러브 스토리〉(1970, 프랜시스 레이 감독)의 한 장면

은 바로 『위험한 관계*Les liaisons dangereuses*』(1782)다. 영국의 리처드슨
Samuel Richardson이나 프랑스의 크레비용P.J. Crébillon[39]에 의해 유명해
진 리베르탱 소설roman libertin[40]의 전통과 서간 문학[41]의 전통을 이어
받은 쇼데를로 드 라클로Choderlos de Laclos는 프랑스 혁명이 일어나기
7년 전에 이 작품을 출간한다. 그럼 그 내용을 살펴보자.

---

39 리처드슨의 대표작은 『파멜라*Pamela*』(1740), 크레비용의 『마음과 정신의 방황*Les
   égarements du coeur et de l'esprit*』(1736)이다.

40 리베르탱 소설은 18세기의 소설 유형으로, 주로 상류층 사교계를 배경으로 상대를
   유혹해서 정복하는 과정을 그린다. 열정보다는 쾌락을 강조하며, 결과보다는 세련
   되고 지적인 언어로 구사하는 유혹의 전략과 기술을 강조하는 특징이 있다.

41 편지라는 양식을 통해 내용이 진행되는 서간 문학은 화자가 여러 명 등장함으로써
   다양한 문체가 존재하며 동일한 사건도 편지를 쓰는 화자에 따라 다른 시점으로 그
   려진다. 또 편지 왕래에서 비롯되는 시간 차이와 오해도 심심찮게 발견되며, 작가의
   정교하고 냉철한 심리 분석이 그 특징으로 꼽힌다.

정복하고 배신하는 것이 자신의 운명이라고 믿고 방종한 생활을 일삼는 메르퇴유 후작부인과 발몽Valmont 자작은 세 가지 작업에 착수한다. 첫째는 메르퇴유 부인의 옛 애인 제르쿠르Gercourt와 결혼해야 하는 순진하고 어린 세실 볼랑주Cécile Volange를 유혹하는 일, 둘째는 정숙하기로 유명한 투르벨Tourvel 부인을 정복하는 일, 셋째는 그 대가로 메르퇴유 부인이 발몽과 다시 관계를 맺는 것이다. 치밀한 전략에 의해 앞의 두 가지 작업은 성공을 거두나, 메르퇴유 부인은 발몽이 유혹의 대가라는 명성에 걸맞지 않게 투르벨 부인을 진정으로 사랑하게 되었다는 이유로 약속을 이행하려 하지 않는다. 유혹의 전문가인 발몽에게 사랑에 빠진다는 것은 진정한 수치를 의미하기에, 발몽은 투르벨 부인과 잔인한 방법으로 결별한다. 그에게 정조를 내준 투르벨 부인은 슬픔과 충격 그리고 수치심으로 고통 받다가 죽어 간다. 발몽도 자신이 꾀어낸 세실을 사랑하는 당스니Danceny와의 결투에서 죽음을 맞는다. 세실은 수녀원으로 들어가고, 메르퇴유 부인은 파산과 더불어 천연두에 걸려 얼굴이 얽고 한쪽 눈을 잃은 채 네덜란드로 도망친다.

– 사랑과 전략

이 작품은 차가운 이성과 감성을 대치시킨다. 주인공 메르퇴유 부인은 관찰자로서 다른 사람들의 사랑을 카메라 렌즈처럼 객관적이고 냉혹한 시선으로 보려는 의지를 가진 인물이다. 시종일관 관찰자의 관점을 취하는 그녀는 자신이 세운 계획대로 모든 상황을 제어하고 그대로 실천하기를 원한다. 메르퇴유 부인과 발몽은 자신들의 명석한 지성을 순진한 영혼들을 정복하고 고통 받게 하며 더 나아가

라클로의 『위험한 관계』(1796년판)에 실린 삽화

타락시키는 데 사용하는 인물이다. 이런 그들의 '위험한 관계'는 유혹의 대가로 사랑에 빠짐으로써 유혹의 궁극적인 목적에서 벗어나 실패하는 발몽의 이야기로 귀결된다. 투르벨 부인으로 말미암아 새롭게 발견한 가치인 사랑을 인정하기를 원치 않는 발몽으로 인해 결국 주위의 모든 사람들이 추락하고 마는 결과를 낳기 때문이다.

그들은 속임수의 외양과 정복이라는 허상에 도전하며, 자기로 인해 고통 받는 사람들을 보면서 스스로의 힘을 느낀다. 메르퇴유 부인과 발몽에게 연애 행각은 자신의 힘을 과시하는 정복일 뿐이다. 그래서 그들은 언제 침략하고 후퇴할지, 그리고 복수할지와 같은 군사 용어를 자주 사용한다.

그러나 발몽은 마침내 "사랑에 의해서만 행복할 수 있다"고 고백하는데, 작가는 발몽을 통해 악한 자들의 속임수보다 진실한 감정이 우월하다는 것을 증명한 셈이다. 그리하여 투르벨 부인을 향한 발몽의 사랑을 확인할 수 있고, 역설적이게도 메르퇴유 부인의 발몽을 향한 사랑도 발견할 수 있다. 메르퇴유 부인은 발몽이 투르벨 부인을 진정으로 사랑함을 간파하고는 질투심을 느끼며 그가 잔인한 유혹자로서의 명성에 걸맞은 행동을 하도록 조종한다. 그러나 진정한 사랑이 싹틀 수 있다 해도 결국 가학적인[42] 리베르티나주에 의해

---

42 『위험한 관계』에 음란성과 폭력성을 덧붙이면 그 유명한 사디스트(sadist)와 사디즘(sadism)이라는 단어의 유래인 사드 후작(Marquis de Sade, 1740~1814)의 작품이 된다. 그가 쓴 책으로는 『소돔의 120일*Les Cent Vingt Journées de Sodome*』(1785), 『규방의 철학*La philosophie dans le boudoir*』(1795), 『쥐스틴 혹은 미덕

파괴된다. 메르퇴유 부인은 다른 사람에게 고통을 주어 쾌락을 얻는 인물이기 때문이다. 게다가 투르벨 부인과 발몽이 죽은 후에도 그녀는 살아남아 네덜란드라는 자유의 나라로 도피함으로써 악의 뿌리가 여전히 존재함을 보여 준다.

의 불행*Justine ou les Malheurs de la vertu*』(1797), 『사랑의 죄악*Les Crimes de l'amour*』(1800) 등이 있다.

19세기: 낭만주의에서 자연주의, 그리고 사랑

⋮

서유럽 문학에서 19세기는 고전주의 문학에서 근대 문학으로의 이행을 마무리 짓는 시기라고 할 수 있다. 그 분기점에는 프랑스 대혁명이 있었다. 대혁명의 영향으로 귀족들의 살롱이 폐쇄되어 소수 엘리트들의 전유물이었던 고전 연구가 중단되었다. 그 대신 중산 계급이 문학과 예술 전반에 걸쳐 폭넓은 영향력을 행사하기 시작한다. 중산 계급이 새로운 독자층을 이루면서 문학의 소재가 확대되었으며, 집단적인 그 무엇을 지향하기보다는 개인의 존재 방식과 개성을 중시하는 경향이 생겨났다. 그렇게 해서 19세기 초에 등장한 사조가 낭만주의다.

낭만주의는 전기 낭만주의(1800~1820)와 낭만주의(1820~1850)로 구분할 수 있는데, 이 시기에 고전주의 문학이 일구어 냈던 문예 창작상의 법칙과 규정 등이 파기되고, 작가들이 각자의 개성에 따라 문학의 목표를 세워 나가게 된다. 이후 낭만주의에 대한 반동으로 사실주의(1850~1880), 더 나아가 과학의 무감동을 가장한 자연주의, 그리고 자연주의의 잔인성과 저속함에 대한 또 하나의 반동으로 상징주의(1880~1900)가 생겨난다. 19세기는 무엇보다 낭만주의 시대로 대표된다고 볼 수 있다. 낭만주의가 그것을 타파하거나 대신하려는 19세기 사조들의 모든 요소를 내포하고 있으므로 모든 사조들이 낭만주의의 수혜를 입었기 때문이다.

낭만주의 문학은 감정의 표출을 중시했고, 현실 세계에 실의를 느낄 뿐 아니라 인간 문명 전체에 대한 반항을 추구하기도 하였다. 이런 분위기는 당시 사회상과 밀접한 관계가 있는데, 1789년 발발한 프랑스 대혁명을 통해 귀족 사회와 왕권이 무너지는 것처럼 보였지만 생각처럼 그들의 기득권은 쉽게 사라지지 않았고, 프랑스 사회는 19세기 말까지도 안정을 찾지 못하여 갈팡질팡하는 정치적 혼란을 겪었다. 이런 현실에 실망한 개인들은 이곳이 아닌 저곳에 해당하는 이국을 동경하거나 중세 시대에 관심을 기울였다. 자신과 자신이 속한 사회와 단절된 의식, 그리고 거기에서 비롯되는 우수와 불안은 낭만주의의 주요한 주제들의 바탕이 된다. 보편성이 아닌 개성에 주목하고, 합리성과 규칙이 아니라 열정과 새로움을 추구하는 것이 바로 낭만주의 문학 작품의 특성이다.

낭만주의는 본질적으로 서정적인 문학, 즉 '나'라는 존재가 절대적인 가치가 되는 전형적인 개인주의 운동으로서, 낭만주의 문학은 감수성과 상상력을 동원하여 개인적인 기질을 표현하였다. 낭만주의는 영국에서 비롯되어 프랑스에서 꽃핀 자연을 사랑하고 묘사하는 경향과, 독일에서 시작된 중세 기사도 전통을 대변하는 경향으로 구분할 수 있다. 이 두 경향은 서로 영향을 미치면서 낭만주의를 일구어 나갔다. 전자는 영국의 바이런George Byron, 스콧Walter Scott, 콜리지Samuel Coleridge와 워즈워스William Wordsworth, 프랑스의 루소, 샤

발자크의 『인간 희극』 전집(플레이아드판, 1976)

토브리앙Chateaubriand 등이 대표적인 작가로 꼽힌다. 중세의 기사도
전통을 부활시키는 데 힘을 기울인 실러Friedrich Schiller, 괴테Johann
Wolfgang von Goethe 등은 독일 낭만주의를 구가한 작가들이다.

　사실주의는 시와 희곡 등을 중심으로 시작된 낭만주의와 대척되
는 지점에 위치한다. 발자크Honoré de Balzac, 플로베르Gustave Flaubert,
졸라Émile Zola 등이 대표하는 사실주의 문학은 소설이라는 장르를
통해 현실과 구체적으로 접촉하려고 시도한다. 사실주의 소설은 동
시대의 사회 현실과 인간상을 포착하고 그려냄으로써 폭넓은 독자
층을 확보한다. 낭만주의와 다르게 사실주의는 비개인적이고 객관
적인 묘사를 추구한다. 90여 편의 장편 소설과 단편 소설로 구성된
발자크의 『인간 희극Comédie Humaine』은 약 2천 명에 달하는 인물에
대한 세밀한 묘사, 당대의 다양한 풍습과 배경의 진실성 등으로 말

미암아 사실주의 문학의 정점을 이루는 대작으로 평가받는다.

　사실주의가 있는 그대로의 현실을 재현하고 묘사하고자 했다면, 자연주의는 대상을 자연 과학자처럼 눈으로 관찰하고 분석, 검토, 보고하고자 했다. 자연주의는 겉으로 드러나는 현실의 모습에서 더 나아가 추하고 보기 싫은 야비한 부분까지도 파헤쳐서 보여 주므로, 극단적 사실주의라고도 한다. 졸라와 모파상Guy de Maupassant이 자연주의 작가로서 높은 명성을 얻었다

　한편 19세기 말에는 합리적이고 구체적인 것보다는 불합리하고 추상적인 것을 언어로 표현하려는 경향이 생겨났는데, 이를 상징주의라 한다. 상징주의는 특히 분석에 의해 포착할 수 없는 주관적인 정서를 시를 통해 형상화하고자 했다. 상징주의 시인인 말라르메Stephane Mallarmé, 베를렌Paul Verlaine, 랭보Arthur Rimbaud 등은 언어의 규칙성을 강조하던 정형화된 시 양식에 얽매이지 않고 자유로운 리듬을 창조하여, 자유시와 산문시라는 새로운 장르의 발전을 추구했다. 사물을 있는 그대로 그리던 사실주의와 자연주의가 19세기 유럽의 산업 혁명과 과학주의와 맞물려 있다면, 상징주의는 진보의 시대에 눈앞에서 벌어지는 현실의 문제를 떠나 상상의 세계를 직관적으로 표현했다.

　그렇다면 우선 낭만주의를 대표하는 빅토르 위고Victor Hugo[43]의

---

43 빅토르 위고(1802~1885)는 19세기 프랑스 낭만주의 문학의 맹주였다. "낭만주의란 문학의 자유주의"라고 선언했던 그는 희곡 『크롬웰Cromwell』(1827)의 서문을 통해 아리스토텔레스 이래로 금과옥조로 떠받들던 '삼일치의 법칙', 즉 시간, 장소,

희곡 『에르나니*Hernani*』(1830)를 살펴보자.

    1519년 스페인. 실바의 도냐 솔Doña Sol de Silva은 실바의 돈 루이 고메스Don Ruy Gomez de Silva 공작의 약혼녀이자 조카다. 스페인의 왕인 돈 카를로스Don Carlos 역시 도냐 솔을 사랑하고 있다. 그런데 그녀는 에르나니를 남몰래 사랑하고 있다. 귀족이었던 그는 아버지가 왕에게 죽임을 당하자 복수를 하기 위해 에르나니라고 이름을 바꾸고 산적이 된 인물이다. 에르나니는 왕의 추격을 받던 중 돈 루이 고메스의 성으로 피신하여 도냐 솔과 재회한다. 늙은 공작은 두 사람이 사랑을 주고받는 것을 목격하지만, 에르나니를 추격해 온 왕에게 에르나니를 넘기기를 거부한다. 그러자 왕은 도냐 솔을 볼모로 잡아간다. 에르나니는 숨어 있던 곳에서 나와 왕역시 도냐 솔을 사랑하고 있다는 사실을 공작에게 알린다. 그리고 에르나니가 공작의 명령에 따르는 조건으로 두 사람은 도냐 솔을 되찾는 날까지 협력하기로 한다. 에르나니는 허리에서 뿔피리를 풀어서 공작에게 주며 언제라도 공작이 뿔피리를 불면 그의 처분에 따를 것이라고 약속한다. 그렇게 그들은 음모를 꾸미지만, 실패로 돌아간다. 왕이 목숨이 위험한 상황에서 오히려 도냐 솔을 에르나

사건이 일치해야 한다는 규칙을 공격했다. 또한 고전 희곡과는 다르게 일상 언어와 단순하고 자연스러운 어휘의 사용을 주장했다.

고전파와 낭만파가 대치하던 1830년 『에르나니』를 초연하는 날, 많은 위고 지지자들이 코메디 프랑세즈 극장에 미리 도착해서 진을 치고 앉아 반대파를 맞이하여 공연장을 떠들썩하게 했는데, 이 일을 문학계에서는 '에르나니 전투(La bataille d'Hernani)'라고 칭한다. 이 사건을 계기로 고전파는 설 자리를 잃게 되었다.

니에게 보내면서 그들이 결혼할 수 있도록 해 주고, 에르나니는 장 다라공Jean d'Aragon이라는 본명을 되찾기까지 한다. 그러나 결혼식을 막 치르고 난 후, 숙명적인 뿔피리가 울린다. 공작이 독약을 가지고 나타난 것이다. 에르나니와 도냐 솔은 살려 줄 것을 애원하지만 공작은 꿈쩍도 하지 않는다. 그러자 도냐 솔은 독약의 절반을 마시고 나머지 반을 에르나니에게 건네주어 그도 독약을 마신다. 공작은 도냐 솔을 잃은 것에 절망하여 그들의 시체 위에서 단도로 자살한다.

- 사랑과 죽음

이 작품에는 사랑의 세 가지 얼굴이 그려진다. 돈 주앙을 연상시키는 돈 카를로스 왕이 여주인공 도냐 솔을 가지려는 것은 단지 자유분방한 왕의 유흥에 불과한 것으로 재현된다. 그리고 돈 루이 고메스의 사랑은 파우스트를 연상시키는데, 늙은 공작이 젊고 아름다운 도냐 솔을 통해 영원한 젊음을 꿈꾸지만 질투로 인해 끔찍한 복수를 자행하는 것으로 묘사된다. 마지막으로 왕과 영주 사이의 싸움에 휘말린 에르나니와 도냐 솔의 열정은 파괴적이어서 트리스탄과 이졸데의 신화를 연상시키기까지 한다. 그러나 『트리스탄과 이졸데』에 등장하는 사랑의 묘약은 여기서 두 주인공을 마지막으로 결합시키는 독약으로 대체된다.

이처럼 여기저기 얽힌 사랑의 갈등 구조 속에서 그 해답을 죽음에서만 찾을 수 있는 비통하고 숙명적인 사랑을 하는 두 연인은 셰익스피어의 로미오와 줄리엣을 떠올리게 한다. 죽음은 기존 사회 규범에 대한 가장 강력한 반발이자, 탈출구 없는 사랑을 마치고 영원

폴 알베르 베나르, 《『에르나니』의 초연》, 1903

한 자유를 얻기 위한 절망의 행위이며, 사랑에 대한 믿음과 신념의 행위이기도 하다. 목숨을 대가로 사랑할 권리를 얻는다는 측면에서 보면 죽음은 어쩌면 사랑의 승리라고 할 수도 있다. 삶에서처럼 희극과 비극을 뒤섞는 것을 선호하는 낭만주의의 극은 결혼으로 결실을 맺으려는 두 연인에게 당치도 않은 죽음을 맞이하게 함으로써 사실성은 떨어지지만 서정적인 감동을 자아내는 제약 없는 상상력을 펼쳐 보인다.

그런가 하면 상드George Sand의 애인 중 한 명이었던 뮈세는 열정의 낭만주의자로서 시인으로 유명한 동시에, 『마리안의 변덕Les Caprices de Marianne』(1833)과 『사랑 가지고 장난 마소』(1834)를 쓴 극작가로서 이름을 드높였다. 우선 『마리안의 변덕』의 내용은 이러하다.

무대는 이탈리아 나폴리. 쾰리오Coelio는 클로디오Claudio와 결혼하여 잘 살고 있는 마리안을 사랑하게 된다. 자신의 연정을 고백하기 위해 마리안의 하녀 시우타Ciuta를 통해 그녀의 마음을 알아보려 하지만, 쾰리오에게 돌아오는 대답은 남편과의 삶에 만족하고 있다는 이야기뿐이다. 그러자 그는 친구 옥타브Octave에게 감정을 전달해 달라고 부탁한다. 옥타브는 클로디오와 사촌지간이기도 하다. 그러나 정작 마리안은 메신저인 옥타브에게 관심을 보인다. 어느 날 마리안은 옥타브에게 이제 연인을 가지기로 했다고 말하면서 만날 약속을 잡는다. 옥타브는 그 약속을 쾰리오에게 알리고 쾰리오가 약속 장소에 나간다. 그런데 마리안의 남편 클로디오가 아내를 의심하여 자객에게 마리안의 연인을 죽이라고 한다. 칼에 찔린 쾰리오는 죽음에 이르는 순간 어둠 속에서 마리안이 옥타브를 만나기 위해 약속 장소로 다가와 부르는 소리를 듣는다. 이후 마리안은 옥타브에게 사랑을 직접 고백하지만, 옥타브는 그녀를 사랑하지 않는다고 거절한다.

– 사랑과 변덕

『마리안의 변덕』에서 옥타브라는 인물은 끝까지 마리안을 사랑하지 않는다고 선언하면서 그녀의 환상을 고발하고 인식을 일깨워 주는 역할을 한다. 진정한 욕망의 실체를 밝히고 현실을 보여 주지만 결국 사랑을 거부하고 다른 사람을 사랑하는 변덕스러운 마리안으로 인해, 한 젊은이가 헛되이 목숨을 희생하고 만다.

뮈세의 또 다른 희곡 『사랑 가지고 장난하지 마소』를 살펴보자.

> 카미유Camille와 페르디캉Perdican은 사촌지간인데, 페르디캉의 아버지이자 카미유의 숙부인 남작은 두 사람을 결혼시키려고 한다. 마침 같은 시기에 학업을 마치고 돌아온 카미유와 페르디캉이 마주치게 되었고, 페르디캉은 적극적으로 결혼할 마음의 준비를 한다. 그러나 카미유는 수녀원에서 교육받는 동안 사랑을 경멸하라고 배워서 수녀가 되고 싶어 한다. 페르디캉도 그런 카미유를 이해하지 못하며 카미유 유모의 딸 로제트Rosette를 사랑하는 척하다가, 정말로 결혼할 결심을 하기에 이른다. 그런데 카미유가 자신이 사실은 페르디캉과의 결혼을 원하고 있음을 깨닫는다. 카미유는 제단 아래에서 진심을 토로하고, 그 모습을 보게 된 페르디캉은 카미유의 마음을 알고 서로 어리석었음을 인정하며 사랑을 고백한다. 그 순간 그들 사랑의 희생양이 된 로제트의 죽음으로 커다란 비명이 들려온다. 카미유는 곧 자신들의 행복이 끝났음을 감지하고 "안녕히 계세요, 페르디캉!"이라고 말한다. ‒ 사랑과 질투

이 작품에서 남자 주인공 페르디캉은 카미유의 질투심을 유발하기 위해 낮은 신분의 로제트를 사랑하는 척하면서 가면을 쓴다. 이

알프레드 드 뮈세의 초상

렇게 하여 그는 연기 속에 연기를 도입하는데, 카미유는 한동안 속고 있지만 관객은 페르디캉의 이중성을 훤히 알고 있는 구조로 진행된다. 결국 카미유가 오해와 장난, 그리고 가장으로 인해 반응을 보이며 서로의 사랑을 솔직하게 고백하게 되자, 이를 목격한 로제트가 사랑 노름의 도구에 불과했던 자신의 보잘것없는 처지를 비관해 급기야 자살을 결심한다. 페르디캉과 카미유가 서로 사랑을 확인하는 순간, 로제트의 죽음이 그들을 갈라놓게 된 것이다. 로제트가 자살하자 자신의 경솔함을 뉘우친 카미유는 페르디캉을 떠나 버리고 그는 홀로 남게 된다.

이처럼 뮈세는 사랑이라는 주제를 변덕 혹은 장난과 사랑, 그리고 그로 인한 마음의 상처를 통해 간결하게 그려 낸다. 낭만주의를 대표하는 작가 뮈세는 사랑에 대한 남녀의 엇갈리는 관점과 해석을 경쾌하고 예리한 재치가 돋보이는 대사를 통해 섬세하며 감각적인 문체로 묘사한다.

빅토르 위고와 더불어 19세기를 대표하는 가장 중요한 작가가 발자크다. 그의 수많은 소설 중 『계곡 속의 백합Le Lys dans la vallée』(1835)은 낭만주의의 『클레브 공작부인』이라 할 수 있다. 이미 결혼하여 남편과 자녀들에게 몸과 마음을 바쳐 충실하게 사는 한 여인의 짧은 삶 속에서 사랑과 삶을 배워 나가는 한 남자의 긴 고백이 이 작품의 테마다.

    귀족 자제인 주인공 펠릭스 드 방드네스Félix de Vandenesse는 투르Tours에서 열리는 한 무도회에서 앙리에트 드 모르소프Henriette de Mortsauf[44]를 만나 매혹된다. 이후 백작부인인 앙리에트의 행방을 알 수 없던 펠릭스는 앤드르 강 골짜기의 성에서 그녀를 다시 만나게 되어 사랑을 고백한다. 앙리에트는 폭력적이고 침울한 남편에게 시달리고 있었으나, 청년 펠릭스와의 관계를 플라토닉한 사랑으로 이끈다. 파리로 돌아간 펠릭스는 루이 18세의 인정을 받아 참사원에서 중요한 직책을 맡고, 3년이라는 시간이 흐른다. 다시 투르 지방을 찾은 펠릭스의 앙리에트를 향한 사랑은 더욱 강렬해진다. 그 후 펠릭스는 파리로 돌아오는데, 아라벨 더들리Arabelle Dudley라는 영국 여성을 만나 그녀의 유혹에 넘어간다. 그리고 그들의 관계를 알게 된 앙리에트는 괴로워하다 몸져눕는다. 앙리에트가 죽어 간다는 소식을 접한 펠릭스는 그녀에게 달려가지만, 내적으로 큰 고통을 겪던 앙리에트는 정숙한 아내로 남기를 자처하고 죽음에 이른다. 펠릭스는 현재의 애인 나탈리 드 마네르빌Nathalie de Manerville에게 지난 삶을 고백하며 이 이야기를 긴 편지에 적어 보낸다. 그러자 나탈리는 두 명의 특별한 여인과 자신이

---

44 앙리에트 남편의 성(姓) 'Mortsauf'는 프랑스어로 '죽음'이라는 의미의 'mort', '제외하는'이라는 뜻인 'sauf'로 구성되었다. 그가 죽지 않는 인물인 동시에 본인의 불행을 양식 삼아 살아가는 사람임이 성을 통해 드러난다. 그는 삶과 죽음으로 아내와 대조를 이룬다.

비교되기를 원치 않는다고 하면서 그와의 관계를 거절한다.

– 사랑과 의무

이 작품에서는 사랑이라는 정열이 주인공들의 행위를 이끌어 가는 원동력임에도 불구하고, 그 열정도 골짜기의 백합인 앙리에트가 가정에 대해 가지는 의무감을 극복하지 못한다. 그녀는 남편과 두 자녀를 스크린처럼 내려뜨림으로서 자신의 욕망에 저항한다. 낭만주의에서 사실주의로 이행하는 작가 발자크는 인간 감정의 신비를 세상의 두 가지 면인 빛(열정)과 그림자(이성), 표면적인 것과 심오한 것을 통해 보여 준다.

스탕달은 마리보 이후 사람의 마음에 대해 관찰한 대표적인 작가이다. 그는 개인의 행복의 쟁취를 중요하게 여김으로써 개인주의적인 성향을 강하게 보여 주었다. 예를 들어 『파르마의 수도원La Chartreuse de Parme』(1839)이라는 작품은 "행복한 소수의 사람들에게"라는 의미심장한 헌사獻辭로 끝난다. 이 말은 소수만이 도덕적인 모든 고정관념에서 벗어나 지성과 열정의 자유스러운 유희에 존재하는 진정한 행복을 이해할 수 있으며, 이런 사람들에게만 자신의 글을 바친다는 뜻이다. 스탕달은 이렇게 독자들에게 관습의 껍데기와 위선에서 해방되어 진정함, 에너지, 행복을 향한 열망, 즉 '인간으로서의 진정한 나'를 보라고 한다. 작가가 '에고티즘égotisme, 자아주의'이라고 불렀던 이러한 성향은 각자 자신의 정신적·육체적 개성을 정밀하게 성찰하고 분석하는 일을 중요하게 여겨야 한다고 강조한다.

스탕달의 작품 중에서 가장 유명한 『적과 흑Le Rouge et le Noir』 (1830)의 주인공 쥘리앵 소렐Julien Sorel이 바로 에고티즘을 대변하는 인물이다.

목수의 아들 쥘리앵 소렐은 야심에 찬 젊은이로 성직, 즉 '흑黑'에 몸을 담는다. 나폴레옹 시대라면 군대, 즉 '적赤'을 선택했을 테지만 왕정복고 시대에 하층 계급 청년이 출세할 수 있는 길은 오로지 성직자가 되는 길뿐이라고 판단했기 때문이다. 그는 베리에르Verrières의 시장인 레날Rénal 씨의 자녀들을 가르치는 가정교사가 되고, 레날 부인의 사랑을 얻는 데 성공한다. 그러나 하인의 밀고로 해고되어 잠시 동안 신학교로 돌아간다. 그는 곧 드 라 몰 후

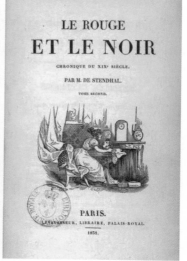

스탕달과 『적과 흑』(1831년, 제2권)

작Marquis de la Môle의 비서가 되어 두터운 신임을 얻고, 또다시 후작의 딸 마틸드Mathilde를 유혹하여 결혼하려고 시도하면서 귀족 칭호와 장교 사령을 받는다. 그러나 레날 부인이 쓴 편지로 그의 탈이 벗겨지자 쥘리앵은 분노에 차고 만다. 그는 성당에서 레날 부인과 만나기로 한 후 그녀에게 권총 두 발을 쏴 버린다. 이내 체포된 그는 유죄 선고를 받고 사형에 처해지지만, 그의 정열적인 영혼은 한순간도 약해지지 않는다. 그의 죽음에 절망한 레날 부인도 죽고, 마틸드는 쥘리앵의 잘린 목을 몰래 가져가서 호화롭게 매장한다. — 사랑과 도덕

스탕달은 위선을 증오하고 개인의 의지와 행위를 찬양하며, 그 원동력이 되는 사랑-열정을 자유와 행복의 상징인 '적'이라 했다. 반면 아버지, 전제 군주제, 사제, 부르주아지들을 진흙탕인 '흑'이라 했다. 실제로 주인공 쥘리앵처럼 "19세기에는 여자들을 이용해서 신분 상승을 꾀하려는 풍속이 상당히 만연해 있었다"[45]고 한다. 발자크의 『고리오 영감Le Père Goriot』에도 쓰여 있듯이, 돈은 분명히 "당시의 무기요, 필요한 도구"였음이 분명하다. 돈을 얻기 위해 돈 많은 여자에게 접근하고, 여자를 얻기 위해 돈을 쓰는 당시의 상황을 『적과 흑』에서 재현하고 있는 셈이다.

이 소설은 1827년에 실제로 일어난 사건을 배경으로 썼다고 전

---

45 Stéphane Vachon, *Introduction dans Le père Goriot*, Le Livre de Poche, 1995, p.18.

해진다. 명석하지만 가난한 젊은 청년이 자신은 하찮은 일밖에 할 수 없는 반면 부와 권력을 지닌 사람들은 형편없는 인물임에도 성공하는 것을 보며 부당함을 느낀다. 그는 사회 계급의 정상에 오르기로 결심한 후 사랑이라는 탈을 쓰고 위선을 부리다가, 진실이 밝혀짐으로써 파국을 맞는다. 『적과 흑』의 주인공 쥘리앵은 강한 의지로 신분 상승을 통해 현실을 극복하기 위해 거짓과 위선이라는 추한 방법을 동원한다. 그에게 사랑과 열정은 목적이 아닌 수단이다. 낭만적인 '나'는 세상의 외적인 상황에 의해 부과된 한계를 초월하려 하지만, 결국 현실 세계의 벽에 부딪힘으로써 열정은 대부분 실망으로 끝난다. 스탕달은 이 현실과의 괴리를 극복하는 방법으로 행복보다는 고통의 원천인 사랑-열정의 개념을 제시했다고 볼 수 있다.

스탕달과 마찬가지로 부르주아지들의 도덕을 전복시키는 것을 좋아하고 사회를 냉정하게 관찰한 또 다른 작가로 메리메를 꼽을 수 있다. 작가의 이름보다는 작품인 『카르멘』(1845)으로 더 유명한 그는 감수성을 배제하면서도 생생하게 인물을 그려 낸 것으로 유명하다. 그의 정열의 화신들은 사랑을 할 때나 증오를 할 때 매우 극단적인 모습을 보인다.

돈 호세Don José는 세비야의 기병대원으로, 빠르게 승진하며 출세가도를 달린다. 담배 공장의 위병으로 근무하던 그는 우연히 카르멘이라는 여공이자 집시인 인물을 만나게 된다. 이후 카르멘이 여직공들 간의 다툼에서 동료에게 상해를 가해 감옥으로 연행된다. 그 호송을 맡은 돈 호세는 카르멘의 꼬임에 넘어가서 그녀를 풀어 주고 만다. 그 사건으로 돈 호세의 승진은 취소되고, 졸병이 되어 연대장의 집 보초를 서게 된다. 거기에서 또다시 우연히 카르멘과 마주친 돈 호세는 그녀에게 유혹당해 함께 지내고, 심지어 그녀와 관련된 밀수업을 하기에 이른다. 그러나 카르멘에게 또 다른 정부가 있다는 사실을 알게 된 돈 호세는 질투심에 휩싸여 그와 결투를 하다가 칼로 찔러 죽이고 만다. 그런 그에게 카르멘은 새로운 관심 대상인 투우사인 루카스를 사랑한다고 잔인하게 말한다. 돈 호세는 미국으로 도망가서 둘이서만 잘살아 보자고 카르멘을 설득하지만 카르멘이 끝까지 거부하고, 카르멘은 결국 그의 칼에 목숨을 잃고 만다.

– 사랑과 자유

이 작품은 사랑과 자유에 관한 문제를 제기한다. 집시의 피가 흐르는 카르멘은 자유스럽게 태어난 만큼 언제까지나 자유롭게 살다가 자유롭게 죽기를 원하며, 아무에게도 소유될 수 없다는 점을 분명히 하는 인물이다. 카르멘을 통해 과연 사랑이 자유와 상반되는 것인지 생각해 보게 된다. 사랑이 구속이라면 왜 사람들은 기꺼이 그 구속을 열망하는 것일까? 설명할 수 없는 이 모순을 가리켜 아름다운 구속, 혹은 사랑의 신비라고 할 수 있을 것이다. 이처럼 낭만주의 시대 작품들에는 사랑이 그 무엇보다 인간의 열정을 고양시키는 주제로 부각되는 경우가 많았다. 고통과 질투, 명예, 죽음과 뒤섞인 사랑은 낭만주의 작가들에게 삶의 영감을 제공하는 주제인 동시

에 많은 독자들을 확보할 수 있는 재료이기도 했다.

낭만주의를 닫고 사실주의를 연 작가 플로베르는 "위대한 예술은 과학적이고 몰아沒我적"이어야 한다고 천명했다. 작가는 작품을 쓰기 전에 참고 자료를 기초로 정확하고 객관적인 글쓰기를 해야 하며, 작품 속에 자신의 의견을 삽입하거나 부연을 해서는 안 된다는 것이 플로베르의 입장이다. 그래서 그는 심리 분석보다는 묘사에 치중했고, 물체나 경치가 인물이 느낀 감동의 반향으로 재현된다. 이러한 견지로 작품 활동을 한 플로베르의 대표작 『마담 보바리Madame Bovary』(1857)는 도덕과 종교를 모독하고 간통을 찬양함으로써 당시 여성들을 타락시켰다는 혐의를 받고 작가가 재판까지 받았던 작품으로 유명하다.

노르망디 지역 농부의 딸인 엠마 루오Emma Rouault는 수녀원에서 교육을 받다가 집으로 돌아온 지 얼마 되지 않아, 지루하고 별 볼 일 없는 농촌 생활에서 벗어나고 싶은 마음에 개성도 없고 능력도 보잘것없지만 의사라는 직업을 가진 샤를 보바리Charles Bovary와 결혼한다. 그의 평범함에 권태를 느끼던 중, 엠마는 라 보비에사르La Vaubyessard 성에서 열린 한 무도회에 초대되어 남편과 함께 간다. 무도회를 통해 꿈꾸던 인생을 맛보게 된 이후 엠마는 소설 같은 사랑을 꿈꾸며 사치에 빠져든다. 그녀는 지주인 홀아비 로돌프Rodolphe의 정부가 되어 남편을 떠날 결심을 하지만 버림받고, 공증인 사무실의 젊은 서기인 레옹Léon과 연인 사이로 지내다가 헤

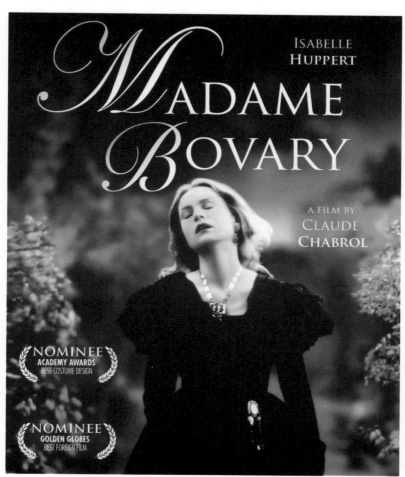

영화 〈마담 보바리〉(1991, 클로드 샤브롤 감독)의 포스터

어지기도 한다. 빚더미에 앉게 된 엠마는 결국 이웃집에 사는 약
사의 집에서 비소를 훔쳐서 먹고 자살한다.　　　　　 – 사랑과 환상

　　플로베르는 항상 다른 운명을 꿈꾸는 엠마 보바리라는 인물을
통해 보편적인 인간의 한 유형을 만들어 냈다. 엠마는 수녀원에서
생활하던 시절에 낭만적인 사랑을 다루는 책들을 탐독했고, 자신의
삶도 그렇게 펼쳐지리라 기대한다. 그러나 무기력한 시골 의사이자
개성 없는 남편 샤를과의 결혼 생활이 상상과 큰 차이를 보이자, 지
루한 일상을 탈피하여 두 명의 정부와 연애를 한다. 엠마는 그들과
의 관계를 통해서도 자신이 꿈꾸었던 환상적인 사랑을 누리지 못하
자, 결국 사치와 허영으로 인생을 탕진한다.

　　인간이 삶에 대해 가지고 있는 생각과 삶 그 자체는 괴리가 있을
수 있다는 것을 이해하지 못하고, 현실을 있는 그대로 보지 못할 뿐
아니라 받아들이지도 못하는 엠마 보바리와 같은 유형의 사람들을
가리켜 '보바리즘Bovarysme'에 빠졌다고 한다. 보바리즘이라는 표현
은 철학자 쥘 드 고티에Jules de Gaultier가 1892년 처음 사용했는데, 엠
마처럼 자신의 현재 상황에 만족하지 못하고 미지의 낭만적 충족을
갈망하며 우울해하는 것을 뜻한다.

　　보바리즘은 두 가지의 파생적인 환상으로 발전된다. 첫 번째 환
상은 세상과 사람들로부터 느낀 실망감을 지난 추억이나 다른 곳에
투영된 갈망으로 채우거나, 자신의 상상 세계 속에 빠짐으로써 보상
받을 수 있다고 믿는 것이다. 그럼으로써 스스로 상상의 진정한 일

부분이 되고, 이전부터 그토록 꿈꾸어 오던 사랑의 주인공이 된다. 두 번째 환상은 자신이 꿈꾸는 것들이 충족되지 못하는 상황에서 그 부족한 부분을 이 남자에서 저 남자로 옮겨 다니듯 이곳에서 저곳으로 옮겨 다니면 채울 수 있다고 믿는 것이다. 그렇게 함으로써 본인이 원하는 자질을 가지고 있지도 않은 대상에게 자신의 욕망을 부여한다. 결론은 비극적일 수밖에 없고, 결국 불만스러운 현실에 상상의 날개를 단 엠마는 환상을 사랑으로 착각한 셈이다.

플로베르와 마찬가지로 사회를 관찰하며 자료를 조사하고 참조하는 작가였던 에밀 졸라는 플로베르의 사실주의에서 더 나아가 자연주의를 창시한 작가로 알려져 있다. 졸라는 "소설은 과학이다"라고 단언하면서 산업 혁명과 과학주의에 경도된 글쓰기를 지향했다. 졸라의 자연주의는 인간의 생태를 자연 현상으로 보려는 경향이 강하여, 인간이 본능이나 생리적 현상에 지배되는 면을 밝히고자 노력했다. 특히 그는 유전학이 발전했던 19세기 말의 과학과 연관시켜 프랑스의 제2제정기를 배경으로 루공가와 마카르가 두 집안 사람들의 복잡한 운명을 유전학적인 관계로 재현한 『루공 마카르 총서Les Rougon-Macquart』를 20여 편 발표했다.

『나나Nana』(1880)에 등장하는 안나 쿠포Anna Coupeau라는 주인공은 사랑하고 갈망하며 기쁨, 고통, 분노를 외치다가, 모든 것이 파괴되고 자신도 파멸하여 종국에는 죽음을 맞이하는 졸라의 대표적인 인물이다.

보잘것없는 노동자의 딸로 태어난 안나 쿠포는 파리에서 오페레타 배우로 혜성같이 등장한다. 그녀의 성공은 육체적인 매력의 힘에서 비롯되었고, 파리의 많은 남자들이 그녀와 하룻밤을 지내기 위해 엄청난 액수의 돈을 쏟아붓기까지 한다. 그렇게 몸을 팔아서 부자가 된 안나는 귀족 부인들의 간통을 폭로하기도 하고, 귀족들의 재산을 탕진시키면서 유산 계급에게 복수한다. 그녀는 방탕하고 사치스러운 생활 끝에 파산하고 천연두에 걸려 궁색한 호텔 방에서 초라하게 죽음을 맞이한다.

　　　　　　　　　　　　　　　　　　　　　　　　　　－ 사랑과 복수

　　『루공 마카르 총서』일곱 번째 작품인 『목로주점L'Assommoir』(1877)이 암울한 비참함 속에서 술로 인해 파멸하는 하층민 제르베즈 마카르Gervaise Macquart의 삶을 그렸다면, 『나나』는 총서의 아홉 번째 작품으로서 제르베즈의 딸 안나라는 주인공을 통해 성의 문란함으로 인해 제2제정 시대 상류 계급이 파멸하는 모습을 그린 소설이다.

　　뒤마 피스의 『동백꽃 아가씨』의 주인공 마르그리트 고티에가 진정한 사랑을 만나 자신의 문란했던 사교계 생활을 정리하고 속죄하며 살았던 데 비해, 사치와 향락을 위해 태어난 빼어난 미모의 안나는 상류 사회 남자들의 탐욕의 대상이 되어 자신을 갈망하는 남자들을 차례로 패가망신하게 하는 인물이다. 안나, 즉 나나는 만족할 줄 모르는 인물로서 자신도 어렵게 속하게 된 상류 사회가 와해되는 것을 보고 즐기며 이전의 하층민으로서 복수를 한다. 여기서 상류 사회는 이미 확립된 질서를 의미하기 때문에 졸라는 이 질서가 그

에두아르 마네, 〈나나〉, 1877

자체로 부패를 안고 있다고 보았다. 악덕으로 썩고 타락한 사회는 그렇게 나나와 함께 사라져 버리고, 주인공의 사랑은 그녀를 짓누르던 사회에 대한 복수의 테마로 막을 내린다.

플로베르의 제자로서 사실주의 작가로 활동을 시작한 모파상의 첫 번째 소설 『여자의 일생Une vie』(1883)은 불가능한 행복을 꿈꾸는 한 여인의 슬픈 인생과 인물의 성격이 현실에 있을 법하게 묘사된 작품이다. 그래서 숱한 여성들에게 내재되어 있는 보편적인 진실을 드러내는 작품으로 유명하다. 모파상은 자연주의의 대표자 졸라와 마찬가지로 독자를 놀라게 하더라도 삶을 있는 그대로의 모습으로 그려야 한다고 굳게 믿었다. 작가는 특히 삶의 추하고 저급한 면들을 주로 다루었기 때문에 도덕을 염두에 두지 않았다는 비판이 따라다니게 되었다. 그는 사생아와 미혼모 같은 사회적 금기를 다루었고, 그에 따른 비난 또한 적지 않게 받았다. 모파상의 비관주의가 잘 드러나는 『여자의 일생』을 살펴보자.

감성적인 행복을 꿈꾸는 잔Jeanne은 수도원에서 나와 부모님이 계시는 노르망디로 돌아온다. 그녀는 젊고 잘생긴 쥘리앵 드 라마르Julien de Lamare 자작의 매력에 끌려 결혼하지만 행복은 오래가지 못한다. 호색한이며 계산적인 쥘리앵은 결혼한 지 얼마 되지 않아 유모의 딸이자 하녀인 로잘리Rosalie와 관계를 가져 임신을 시킨다. 그뿐 아니라 이웃집 여자와도 연인으로 지내다가 간통한 여자의 남편에게 목숨을 잃는다. 삶의 허망함을 느낀 잔은 아들 폴Paul에

『여자의 일생』에 실린 삽화(1883, 올렌도르프판)

게 온갖 애정을 쏟으며 키우지만, 정작 아들은 18세가 되기 무섭게 어머니의 재산을 탕진하기 시작한다. 삶에 지칠 대로 지치고 환멸을 느낀 그녀는 우연히 다시 만나게 된 로잘리의 보살핌으로 생을 이어 간다. 그러던 중 갑자기 홀아비가 된 아들이 자신의 딸을 잔에게 맡기고, 그녀는 새로운 희망을 품으며 손녀를 돌보기 시작한다.

– 사랑과 인생

고귀한 심성과 예민한 감수성을 지닌 주인공 잔은 사랑을 막연하게 꿈꾸며 결혼하지만, 그 인연은 현실적인 문제와 시간의 흐름 속에서 비참한 운명으로 탈바꿈하게 된다. 허상으로서의 사랑이 구체적인 현실로서의 불행으로 탈바꿈하는 주제는 모파상의 스승인 플로베르의 『마담 보바리』를 연상시킨다. 다만 잔은 엠마 보바리와 달리 허상을 좇아 이 대상 저 대상으로 헤매고 다니지 않고, 자신에게 주어진 환경 안에서 운명을 받아들이고 허무한 인생을 최선을 다해 살아 나가는 인물이다. 모파상은 인간을 "항상 새로워지는 어리석고 매력적인 환상의 영원한 장난감"이라고 했는데, 잔을 통해 사랑이라는 상상의 세계를 거부하고 존재의 구성 요소인 허무를 발견하며, 그 허무함에 삶의 방식을 맞추어야 한다는 것을 보여 준다.

19세기 말에는 다시 낭만주의가 돌아오는 경향이 생겨나는데, 로스탕Edmond Rostand이 쓴 『시라노 드 베르주락Cyrano de Bergerac』 (1897)은 수사학적인 정열로 감성을 표현한 전형적인 낭만주의 극으로 평가받는다. 이 작품은 주인공들의 사랑을 통해 눈으로 하는 사랑과 마음으로 하는 사랑을 대립시키면서 영웅적이고 감성적인 면을 뛰어나게 조합했다. 그런 이유로 『시라노 드 베르주락』은 세계 여러 나라에서 가장 많이 공연되는 프랑스 작품 중 하나이기도 하다. 남자 주인공 시라노 드 베르주락은 유난히 큰 코 때문에 사랑을 펼치지 못하지만, 사랑하는 마음이 그에게 주는 영감과 시적 능력은 그 누구보다도 뛰어나다. 다정한 마음의 소유자면서도 결투하는 것을 즐기는 시라노의 이야기는 다음과 같다.

　　17세기에 일어난 이야기다. 가스코뉴Gascogne의 귀족 청년 부대 중에서 가장 이름난 군인인 시라노와 크리스티앙Christian은 모두 시라노의 아름다운 사촌 동생인 록산Roxane에게 반한 상태다. 시라노가 자신을 사랑한다는 사실을 모르는 록산은 시라노에게 크리스티앙을 사랑하는 마음을 털어놓는다. 그러자 시라노는 여러 방면으로 크리스티앙을 돕기 시작한다. 시라노는 손톱만큼도 언변이 없는 크리스티앙을 대신해 연애편지를 써 주기도 하고, 정원의 어둠 속에서 미칠 듯한 사랑을 대신 고백해 주기도 한다. 이 모든 것을 크리스티앙이 행한 것으로 아는 록산은 그에 대한 사랑을 더욱 키워 가고, 그들은 드디어 결혼을 하기에 이른다. 그러나 곧 전장으로 불려나간 크리스티앙이 그만 전투에서 쓰러지고 만다. 그는 죽음을 맞이하기 직전에 록산이 사랑한 것은 자신의 잘생긴 외모가 아니라 시라노의 뜨거운 영혼이라는 것, 그리고 시라노 역시 그녀를 열렬히 사랑하고 있다는 것을 깨닫는다. 록산은 사랑을 잃어버렸다고 생각하고 수녀원에 들어가 버린다. 그때부터 시라노는

15년 동안 록산을 찾아가 위로해 준다. 그러다가 시라노가 처음부터 그녀를 사랑했다는 비밀이 마침내 드러나지만 때는 이미 늦어 버렸다. 그가 그날 치명상을 입었기 때문이다. 시라노는 록산의 정다운 고백을 들으며 그의 삶이 결코 헛되지 않았으며 실수하지도 않았다는 긍지를 가지고 죽어 간다.

— 사랑과 외모

작가는 시라노와 크리스티앙이라는 두 인물을 등장시켜 한 사람이 모든 자질을 다 지니지는 못함을 보여 준다. 시라노는 용감하고 우아한 인품을 지녔음에도 외모 때문에 달빛의 시인일 수밖에 없고, 자신의 사랑으로 빛나지 못해 크리스티앙이라는 수려한 외모의 인물을 통해 간접적으로 시적 열정을 뿜어낸다. 그 열정은 그의 화려한 언변으로 대변되는데, 시라노는 남들이 먹고 사랑을 할 때에도 먹는 대신 장황한 말을 늘어놓는다. 심지어는 자신의 죽음조차도 말로 바꾸어 표현한다.

외모에서 엄청나게 큰 코로 대표되는 시라노는 끊임없이 말을 함으로써 입으로 귀결되고, 아름다운 어귀들을 경청하면서 사랑을 하려 하는 록산은 듣는 역할, 즉 귀로 귀결된다고 할 수 있다. 이렇게 외모로 인물들을 분석할 수 있는 이유는 이 작품이 주인공의 외모로 인해 생긴 비극을 다루기 때문이다. 서양에서는 코는 지성을 상징한다고 하여 코가 크고 길수록 많은 자질을 가지고 있다고 믿어 왔다. 로마의 황제 카이사르가 그랬고, 나폴레옹도 그렇다. 그래서 코는 얼굴 중앙에 자리를 잡고 있으면서 그 크기가 사람의 영광에

프랑스 도르도뉴 지방에 있는 시라노 드 베르주락 조각상

비례한다고 말하기도 한다. 시라노의 경우, 코가 클 뿐 아니라 칼을 잘 쓰는 기사로 등장한다. 칼은 남근을 상징하기 때문에 시라노는 지성을 갖춘 것은 물론 용맹성 또한 겸비한 인물이다. 그러나 그는 감추고 싶은 외모와 숨길 수 없는 열정과 사랑 사이에서 허상을 살다가 간 인물이기도 하다.

20세기: 변혁의 시대,
문학의 실험적 시도와 사랑

:

양차 대전이라는 엄청난 역사적 사건이 일어난 20세기는 정신적으로 그리고 물질적으로 과히 혁명을 이룬 시대였다. 20세기 초반의 문학과 예술에서는 제1차 세계대전을 겪은 후 그때까지의 전통을 과감하게 부정하는 다다이즘dadaism, 초현실주의 운동 등이 적극적으로 펼쳐졌다. 다다이즘은 과거의 모든 예술 형식과 가치를 부정하고 비합리성, 반도덕성, 비심미성 등을 찬미한 문학·예술 사조이다. 문학적 영감을 잠재의식 혹은 무의식으로부터 끌어내려는 노력을 한 초현실주의는 아폴리네르Guillaume Apolinaire가 선구자로서 시의 형식을 자유롭게 했으며, 1924년 브르통André Breton이 '초현실주의 선언'을 하면서 문학과 미술 분야에서 두각을 나타냈다. 또 프로이트의 영향을 받아 무의식의 신비를 알아내려는 노력이 이어졌는데, 프루스트Marcel Proust가 대표적이다.

이어진 제2차 세계대전 이후 가장 눈에 띄는 것은 실존주의의 등장이다. 사르트르Jean-Paul Sartre와 카뮈Albert Camus로 대표되는 실존주의 문학은 그들의 철학적 사유를 토대로 문학 작품을 통해 구현되었다. 나치의 유대인 강제 수용소와 원자 폭탄의 개발 및 투하라는 엄청난 사건을 겪은 인류는 신의 부재를 되새기게 되었다. 사르트르는 인간을 포함한 모든 존재는 존재 이유 자체가 없다고 생각했으며, 각 개인이 삶이 의미를 갖기 위해서는 사회 속에서 직접 '행동'하고 '참여앙가주망, engagement'하는 것이 꼭 필요하다고 주장했다. 카뮈는 부조리한 세상에서 반항과 거부를 통해 각 존재가 자유를 누릴 수 있다고 천명했다.

또 다른 문학의 경향은 누보로망Nouveau Roman의 등장이다. 18, 19세기에 확립되어 이어진 전통적인 소설에 반대하는 누보로망은 소설의 연대기적인 특성, 줄거리 및 등장인물 등과 관련된 소설의 틀을 깨뜨리고, 현실 그대로를 묘사하고 제시하려는 노력을 부정했다. 정신분석학이 등장하고 양차 대전을 치른 20세기에는 세계관이

장 폴 사르트르와 알베르 카뮈

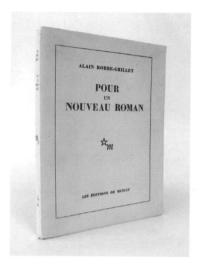

알랭 로브그리예가 저술한 『누보로망을 위하여』(1963, 초판)

바뀐 만큼 소설의 형식과 내용도 달라져야 한다고 생각한 누보로망 작가로는 로브그리예Alain Robbe-Grillet와 사로트Nathalie Sarraute가 대표적이다. 누보로망에서는 원인과 결과라는 인과론적인 줄거리가 배제되거나, 등장인물의 성격에 대한 묘사가 없어졌으며, 사물을 객관적인 시선으로 관찰한 바를 묘사하는 것에 무게가 실렸다.

20세기 후반에는 냉전 시대가 종식되면서 민주 진영과 공산 진영이라는 경계가 와해되어 이분법적인 이데올로기가 상실되는 한편, 인류의 지성이 만들어 낸 물질문명에 인간이 오히려 위협을 받게 되면서 정신적 지표를 잃고 상대적 무력감에 빠져들게 된다. 20세기 후반의 작가들은 인간을 재인식하고, 물질적인 사회 속의 인간을 재조명하며 윤리를 탐구하기 시작한다. 이 작가들은 정신적 위기에 놓인 인류를 각자의 고유한 방식으로 그려내거나 옹호하는 특성을 띤다.

프루스트는 소설화된 한 사회의 연대기인 『잃어버린 시간을 찾아서_A la recherche du Temps perdu_』(1913~1927)를 집필함으로써, 20세기 초반의 프랑스 문학을 빛낸 작가다. 이 작품은 『스완네 집 쪽으로_Du côté de chez Swann_』(1913), 『꽃핀 처녀들의 그늘에서_A l'ombre des jeunes filles en fleurs_』(1918), 『게르망트 쪽_Le Côté de Guermantes_』(1920~1921), 『소돔과 고모라_Sodome et Gomorrhe_』(1921~1922), 『갇힌 여인_La Prisonnière_』(1923), 『사라진 알베르틴_Albertine disparue_』(1925), 『되찾은 시간_Le temps retrouvé_』(1927)의 총 7권으로 구성되어 있다. 그 내용은 이러하다.

화자는 어렸을 적에 휴가를 보내곤 했던 콩브레_Combray_의 마을을 회상한다. 어머니와 할머니, 그리고 그녀들 주위에 있던 충실한 평민들과 즐거운 산책 등이 눈앞에 떠오른다. 이 산책은 때때로 메제글리즈_Méséglise_ 쪽으로 향했는데, 사람들은 그쪽을 스완네 집 쪽이라고도 불렀다. 그쪽으로 가려면 스완 씨의 소유지 앞을 지나갔기 때문이다. 또 때로는 게르망트 집 쪽으로도 갔는데, 그쪽은 어린 화자가 꿈꾸지만 접근할 수 없는 공작부인의 소유지였다.

제1권의 제2부 「스완의 사랑_Un amour de Swann_」은 독자를 완전히 스완네 집 쪽으로 이끈다. 화자는 자신이 태어나기 전에 있었던 스완 씨와 오데트의 사랑을 직접 목격한 것처럼 이야기한다. 섬세한 예술 애호가이자 대단히 총명하고 유복하며 사교적인 스완은 행실이 나쁜 오데트 드 크레시_Odette de Crécy_라는 여자에게 마음을 온통 빼앗긴다. 이 여자는 온갖 방법으로 스완 씨를 괴롭히다가 마침내 그와 결혼하는 데 성공한다. 수많은 인물이 이 연애 사건에 등장하지만, 대중을 업신여기고 예술가들을 환영하는 척하는 부유한 부르주아 베르뒤랭Verdurin 집 사람들이 가장 특기할 만한 인물들이다. 한편 스완 씨의 결혼으로 태어난 딸이 질베르트Gilberte인데, 화자는 이 소녀를 어렸을 때 파리의 샹젤리제Champs-Elysées에서 만나곤 했다.

질베르트 스완은 오랫동안 화자와 순진한 우정으로 사귄 뒤 헤어졌고, 그는 곧 처녀들이 많이 모이는 사료적인 해변인 발베크Balbec에서 처녀들에게 시선을 빼앗긴다. 그중에서도 특히 알베르틴Albertine에게 유난히 애착을 느끼는데, 그녀는 그를 차갑게 대한다.

다음에 화자는 게르망트 집 쪽으로 돌아선다. 그는 공작부인 댁으로 가서 그녀에게 희망 없는 사랑을 고백하기도 하고, 귀족들이 사는 교외의 여러 살롱에 드나들기도 한다. 그러다가 그는 소돔과 고모라의 수치스러운 행위들을 샅샅이 알아내어 이야기한다. 그리고 발베크의 처녀들 중 가장 좋아했던 알베르틴에게 사랑해서라기보다는 질투심에서 집착하며 달라붙는다. 그는 오로지 알베르틴을 자기 곁에 잡아 둘 수 있는 권리를 갖기 위해서 그녀와 약혼을 한다. 그는 그녀를 질투할 뿐 사랑하지는 않는다. 그러던 어느 날, 알베르틴이 달아나 투렌Touraine 지역에 사는 한 아주머니 댁에 몸을 숨긴다. 그러나 그녀는 갑작스럽게 말 사고로 목숨을 잃는다. 이 사건은 화자에게 비통한 명상의 주제가 된다.

그는 오랫동안 파리를 떠나 있다가 전쟁 중에 다시 돌아온다. 전쟁은 세월의 변화를 재촉하여, 소설의 첫머리에 전혀 다른 세계에 속해 있던 인물들이 반백이 되어 서로 가까이에 있다. 주위 사람들이 늙어 가고 몸이 쇠약해지는 것을 보면서 화자도 자신의 나이를 새삼 인식한다. 그러고는 잃어버린 시간을 되찾을 수 있다는 것을 깨닫게 된다. 그것은 우리를 스치는 희미한 환영들을 붙잡을 때, 그리고 그것들을 예술 작품 속에 승화시킬 때 가능해진다.

– 사랑과 시간

　과거를 회상하면서 사랑이라는 감정을 무의식의 심연 속에서 찾아보려 한 프루스트는 자아 성찰의 작가다. 프루스트는 과거가 완전히 소멸된 것이 아니라 우리의 기억 속에 파묻혀 있으며, 어떤 계기를 통해 현재 그와 유사한 과거의 감각이나 감성을 불러일으킬 때 다시 살아난다고 생각했다. 시간이 흐르면 모든 것이 사라져 시간은 소중한 것들을 파괴해 버리는 반면, 기억은 보존한다. 그래서 나를 시간의 위협으로부터 보존하는 유일한 방법은 기억이다. 화자이자 주인공인 마르셀이 우연히 마들렌 과자를 홍차에 적셔 먹다가 콩브레에서의 기억이 시작된 것처럼 말이다. 이렇게 무의식적으로 떠오르는 기억은 과거와 현재의 나를 연결해 주고, 그것이 글쓰기를 통해 승화될 때 마침내 진실로 체험되고 밝혀진 유일한 인생이 될 수 있다.

　질투심을 사랑의 증거로 간주한 『잃어버린 시간을 찾아서』는 신경증적인 사랑에 대한 새로운 분석을 보여 줄 뿐 아니라, 시간과 인식의 대치를 그린다. 이 작품은 과거의 기억들을 긁어모아 과거에 의지하고 있는 듯하지만, 사실은 미래를 향하고 있다.

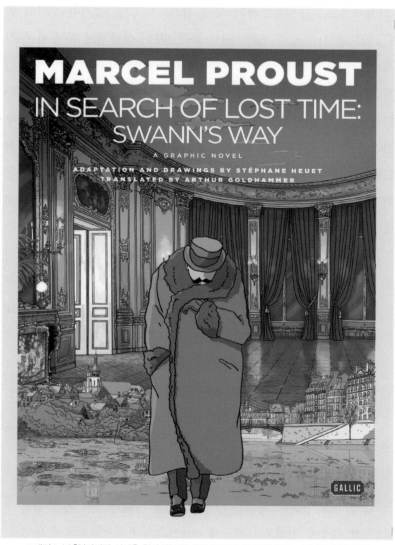

그래픽 노블 『잃어버린 시간을 찾아서(스완네 집 쪽으로)』(스테판 외에 그림) 영어판(2016)

프루스트가 자신의 과거 속에 잠겨드는 것을 즐기며 추억한 반면, 앙드레 지드André Gide는 신의 과거로부터 해방되기 위해 싸운 작가라고 할 수 있다. 그의 모든 작품은 사람이 어떻게 살아야 하는지, 또 새로운 가치가 무엇인지에 대해 집중적으로 묻는다. 지드는 인간을 속박하는 모든 규율 및 종교와 도덕을 위선으로 간주했다. 그러면서도 그는 순결성에 대한 향수를 지니고 있었고, 언젠가는 하느님에 대한 사랑과 인간에 대한 사랑을 화해시킬 수 있을 것이라는 희망을 잃지 않았다. 지드의 대표작 중 『좁은 문La porte étroite』(1909)을 살펴보자.

제롬Jérôme은 어렸을 때부터 사촌 누이인 알리사 뷔콜랭Alissa Bucolin을 사랑했고, 알리사의 동생 쥘리에트Juliette는 제롬을 사랑했다. 그러나 두 자매는 같은 남자를 놓고 싸우기를 거부하여 동생인 쥘리에트는 자신보다 나이가 훨씬 많은 구혼자와 결혼을 해버리고, 언니인 알리사는 인간적인 행복보다는 기독교와 정결함을 더 추구한다고 고백한다. 3년이 지난 후, 제롬은 많이 변한 알리사를 다시 만나지만, 그때에도 그녀는 제롬을 거부한다. 그리고 한 달이 지난 후 병으로 숨을 거둔다.

알리사가 죽은 후 일기가 발견되는데, 그녀의 가슴 아픈 비밀이 담겨 있다. 그녀는 제롬을 깊이 사랑했고 그에게 모든 것을 바치고자 했으나, 인간적인 사랑에 저항함으로써 기독교도로서 완성될 수 있다고 확신하였던 것이다. 게다가 알리사가 추구하던 것은 본인의 행복보다는 제롬의 행복이었다. 그녀는 그를 자신으로부터

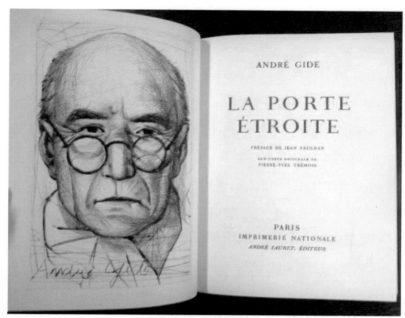

『좁은 문』(1958년판)

멀어지게 해야 그가 혼자서, 저 성서에서 이야기하는 둘이서는 나
란히 걸어 들어갈 수 없다는 '좁은 문'으로 들어갈 수 있다고 생각
했고 그런 모습을 보고자 했다.
– 사랑과 신앙

사랑이라는 인간 초유의 자연스러운 가치와 기독교 금욕주의의
이상적이지만 비인간적인 가치 사이에서 고민하는 인간상을 그린 작
품이 『좁은 문』이다. 신에게 향하는 덕을 추구한다는 점에서 제롬과
알리사의 최종적인 목표는 같아 보인다. 그러나 제롬에게 알리사와
의 사랑은 신을 찾고 찬양하며 신에게 더 가까이 이르게 하는 길이

었던 반면, 알리사에게 제롬과의 사랑은 그들이 들어가고자 힘쓰는 좁은 문으로 이르기 위해 포기해야 하는 장애물과 같았다. 그래서 제롬이 알리사와의 육체적·정신적 사랑의 합일을 통해 진정한 덕을 추구할 수 있으리라고 생각하는 것과 달리, 알리사는 제롬과 자신의 마음을 인식하고 있으면서도 함께하는 삶을 포기하고 그로 인해 끊임없이 고통을 겪으면서도 천상의 행복에 이르기를 원한다. 지드는 어느 한편을 드는 것은 회피하지만,[46] 기독교적인 도덕성의 과도함을 비판한다. 숭고한 것으로 나아가는 것은 존중하지만, 비인간적인 잔혹함은 적절하지 않다는 것이다.

그런가 하면 불멸의 삶을 거부하며 너무나도 인간적인 사랑을 추구하는 장 지로두Jean Giraudoux의 『앙피트리옹 38Amphitryon 38』(1929)이라는 작품이 있다. 3막으로 이루어진 이 희곡은 '광란의 하루'라는 부제가 달려 있는데, 24시간 동안 일어나는 사건을 다룬 작품으로서 신과 인간, 전쟁과 사랑, 정숙함과 자유분방함을 시적으로 잘

---

46 지드가 종교에 대해 지나치게 비판적인 동시에 정결함을 추구하는 경향을 보인 이유는 그의 태생에서 비롯되었다. 아버지는 남부 프랑스의 독실한 신교도 집안 출신으로 파리 대학 법학부 교수였고, 어머니는 북부 프랑스의 구교도 집안 사람이었다. 아버지는 합리주의 정신을, 엄격한 가톨릭 신자였던 어머니는 경건한 신앙심을 불어넣어 주었다. 그러나 지드가 11세 때 아버지가 사망하면서 그 이후로는 어머니의 철저한 금욕주의적 교육을 받고 자라게 된다. 양친의 서로 다른 교육적 태도에 의해 양립할 수 없는 사고의 이중 구조가 형성된 지드는, 훗날 자전적 소설 『한 알의 밀알이 죽지 않으면Si le grain ne meurt』에서 다음과 같이 고백한다. "나에게 상반되는 영향을 준 이 두 가족과 두 지방처럼 서로 상이한 것은 없다. 나는 예술 작품을 만들지 않을 수 없었다. 왜냐하면 오로지 예술 작품으로써만 내 속에 있는 너무나도 떨어져 있는 두 요소의 조화를 실현할 수 있었기 때문이다."

섞어 놓았다. 줄거리는 이러하다.

주피터는 테베의 왕 앙피트리옹의 아름다운 아내 알크멘을 취할 계획을 세운다. 이 관계로 인해 훗날 헤라클레스가 태어나게 된다. 그러나 주피터는 이런 운명을 성취하는 것보다도 알크멘의 사랑을 얻고 싶어 한다. 그는 앙피트리옹의 충실한 아내를 유혹하기 위해 전쟁을 일으켜 그녀의 남편을 멀리 떠나게 하고, 자신이 남편의 모습으로 변장한다.
어떤 순간에도 알크멘에게 자신의 본래 모습을 밝히지 못하는 주피터는 인간적인 원통함을 느낀다. 앙피트리옹을 질투하는 주피터는 알크멘과 두 번째 밤을 보내기로 결심한다. 그러나 이를 눈치 챈 알크멘은 레다와 자신을 바꿔치기하지만, 일이 잘못되어 진짜 자신의 남편을 레다의 품에 안기게 하는 상황이 벌어진다.
알크멘과 앙피트리옹은 주피터에게 당하느니 차라리 죽기로 맹세한다. 그 결과 주피터는 인간의 사랑의 힘 앞에 무릎을 꿇고 앙피트리옹과 알크멘의 기억에서 사건의 전말을 지워 버리는 은총을 내린다.
                                                   – 신과 인간의 사랑

알크멘의 미덕이 모든 유혹을 물리치는 이 작품에서, 적대적이고 불길한 신 주피터가 정숙한 여자의 거처에 들어갈 수 있는 유일한 방법은 남편의 모습을 빌리는 것이었다. 그러나 그의 시도는 남편과 부인을 하나로 잇는 인간의 사랑 앞에서 힘없이 무너지고 만다. 이 작품은 이처럼 굳건하게 맺어진 사랑은 신의 농간과 힘 앞에서도 살아남을 수 있다는 것을 보여 주며, 인간을 파괴하려는 힘에 부드럽게 대항하면서도 인간적인 사랑의 강렬함으로 맞서라는 처세술을 암시한다. 지로두는 신화를 빌려 사랑의 힘의 대단함을 증명해 보인 것이다.

:: 맺는 말

드니 드 루주몽에게 사랑의 욕망은 죽음을 향하며, 프로이트에게 사랑이란 유아의 수준으로 떨어지는 퇴행 현상이다. 지라르René Girard에게 사랑은 자아 상실을, 오르테가Ortega에게는 목이 염증으로 붓는 것과 같은 심리적 구협염으로써의 일시적인 바보짓을, 프롬Fromm에게는 개인성의 상실을 의미했다. 르클레르Leclerc는 토니 아나트렐라Tony Anatrella의 사랑의 정의를 인용하면서 이런 결론을 내린다.

> 사랑은 우선 하나의 감정이 아니다. 무엇보다도 지속적인 시간 속에서 이루어지는 공동의 관계를 건설하고자 하는 욕망이다. 아무리 고귀하다 할지라도 감정들은 사랑하는 관계의 요소들 중 하나이지, 그 감정들만으로는 사랑하는 관계를 정의하지 못한다. 이와 같이 애착하는 관계, 감성적인 관계, 성적인 유혹이 사랑하는 관계와 혼동되는 것이다. 감정들 자체는 아무런 의미를 지니고 있지 않으며 관계의 성격에 따라 상대적인 것이고, 삶의 계획에 따라 달라지는 것이다."[47]

---

47 Gérard Leclerc, *L'Amour en morceaux?*, Presses de la Renaissance, 2000, p. 302.

르클레르는 사랑의 속성에 관해 이렇게 정의를 내렸다. 사랑이 인간이 추구하는 이상적인 개념이라면, 사랑이라는 감정은 현실로 인해 시간 속에서 퇴색할 수 있기 때문에 삶의 지속성 속에서 검증되어야 한다는 것이다.

그렇다면 과연 사랑은 구체적이며 지속적인 것인가? 열정적인 사랑은 오랫동안 지속될 수 없다고 하는데, 어떻게 이 지속성을 평가할 수 있는가? 왜 오랫동안 지속되는 것이 선인가? 또 왜 지속되는 구체적인 것이 불태우는 감정보다 더 나은가? 적어도 문학에서는 불태우는 사랑을 선호하는 것은 아닌가?

현실의 가치와 허구의 세계의 가치는 서로 다르다. 독자는 소설 속의 주인공들이 겪는 온갖 사랑의 역경을 보고 위안을 얻거나, 현실에서 불가능한 혹은 금기시되는 사랑을 이루는 것을 간접적으로 경험함으로써 대리 만족을 얻는다. 그렇기 때문에 문학 속의 사랑은 반복되는 일상이나 습관, 인생의 의무와 도덕을 벗어나 열정적일 수밖에 없고, 현실과는 다른 특별한 요소들을 지닌다. 사랑이 우리가 꿈꾸는 환상이라면, 문학 속의 사랑은 우리에게 환상을 심어 주기도 하고 현실을 일깨워 주기도 한다. 또한 사랑은 인간이 사회 현실을 통해 주고받은 상처를 치유해 주며, 삶의 청량제로서 우리가 정성을 들여 가꾸고 꿈꿀 수 있는 비밀의 정원과 같은 역할을 한다. 바슐라르Gaston Bachelard는 사랑이 근본적으로 우리 존재를 보다 나은 쪽으로 전환하고자 하는 '상승 욕구'[48]를 유발한다고 했다.

사랑은 문학의 영원한 테마로서 삶 속에서의 죽음이기도 하고, 죽음 속에서의 삶이기도 하다. 또한 사랑은 정복인가 하면 복종이고, 자기 자신밖에 모르는 이기주의인가 하면 사랑하는 사람을 위한 헌신이기도 하며, 상대방에 대한 존중, 두려움, 구속, 자유, 운명, 건강, 행복, 고난, 영원한 탐색 혹은 한없는 기다림일 수도 있다.

사랑은 인류의 영혼을 순화하고, 고립된 자기애에서 벗어나 타인을 품을 수 있게 해 준다. 또 사랑을 통해 불확실한 물질문명 시대의 미래를 준비하고 이겨 낼 수 있는 에너지가 생성되며, 진정하고 바람직한 인간관계로 나아갈 수 있다.

---

48 Gaston Bachelard, *La Poétique de l'espace*, PUF, 1957.

부록

사랑에 관한 명구

사랑

Le verbe aimer est un des verbes les plus difficiles à conjuguer:
- son passé n'est pas simple
- son présent n'est qu'indicatif
- et son futur est toujours conditionnel.

'사랑하다'라는 동사는 동사 변화하기가 가장 어려운 동사들 중의 하나
이다:
– '사랑하다'라는 동사의 과거형은 단순과거가 아니고,
– 현재형은 단지 직설법 형태이고,
– 미래형은 항상 조건법이다.

- Jean Cocteau

L'amour, c'est l'effort que l'homme fait pour se contenter d'une seule femme.

사랑은, 남자가 한 여자에게 만족하기 위해서 하는 노력이다.

- Paul Géraldy, *L'Homme et l'Amour*

L'homme commence par aimer l'amour et finit par aimer une femme. La femme commence par aimer un homme et finit par aimer l'amour.

남자는 사랑을 사랑하기 시작해서 한 여자를 사랑하게 된다. 여자는 한
남자를 사랑하기 시작해서 사랑을 사랑하게 된다.

- Rémy de Gourmont, *Physique de l'amour*

사랑과 결혼

Que d'époux ne sont séparés que par le mariage!
얼마나 많은 부부들이 오로지 결혼에 의해서 헤어졌던가!

La chaîne de mariage est si lourde qu'il faut se mettre à deux pour la porter, et quelquefois à trois.
결혼의 사슬은 너무나도 무거워서 그 사슬을 드는 데 두 사람이 필요하고. 경우에 따라서 가끔은 세 사람이 필요하다.

- Alfred Capus, *Notes et Pensées*

Le célibat? On s'ennuie. - Le mariage? On a des ennuis.
독신 생활? 심심하고. 결혼 생활? 근심거리만 있고.

On est d'abord côte à côte, puis face à face, puis dos à dos.
처음에는 서로 옆으로 나란히 있다가, 그다음은 서로 마주 보다가, 마침내는 서로 등을 지게 된다.

- Sacha Guitry, *Elles et Toi*

Les femmes sont faites pour être mariées et les hommes pour être célibataires. Delà vient tout le mal.
여자들은 결혼하도록 만들어졌고, 남자들은 독신으로 살게 만들어졌다. 여기서부터 모든 불행이 비롯되는 것이다.

- Sacha Guitry, *Mon père avait raison*

L'amour est aveugle, mais le mariage lui rend la vue.

사랑은 눈을 멀게 하지만, 결혼은 눈을 뜨게 한다.

- Lichtenberg, Aphorismes

Se marier signifie se borner, se limiter, restreindre le champ immense des plaisirs, des joies, des bonheurs inconnus…. Or, comment consentir à se diminuer, à se mutiler?

결혼한다는 것은 서로 제한하는 것, 서로 억제하는 것, 기쁨과 쾌락, 미지의 행복의 광활한 영역을 축소하는 것이다…. 그런데 어떻게 자기 자신의 영역을 좁히고, 잘라 내는 데 동의할 수 있겠는가?

Je me demande pourquoi les faire-part de mariage ne sont pas bordés de noir, comme pour les deuils!

나는 왜 결혼식 청첩장을 장례식 때처럼 검은색으로 두르지 않는지 의문이다.

- Etienne Rey et Alfred Savoir, Ce que femme veut

On se marie par manque de jugement. Puis on divorce par manque de patience. Enfin, on se remarie par manque de mémoire.

판단력 부족으로 결혼하고, 참을성 부족으로 이혼하며, 기억력 부족으로 재혼한다.

- Armand Salacrou

Une femme s'inquiète de l'avenir jusqu'à ce qu'elle ait trouvé un mari, tandis qu'un homme ne s'inquiète de l'avenir que lorsqu'il a trouvé une femme.

여자는 남편을 찾을 때까지 미래를 걱정하는데 반해서, 남자는 부인을 맞이할 때에 비로소 미래를 걱정한다.

- George Bernard Shaw

사랑과 결혼 지참금

Elle est affreuse, mais elle a trois millions de dot ou, si vous voulez, de dommages et intérêts!

그녀는 끔찍하게 생겼지만, 3백만 프랑의 결혼 지참금, 아니 손해 배상금을 가지고 오지!

- Gaston de Caillavet et Robert de Flers, Miquette et sa mère

사랑과 금전

Les femmes légères sont celles qui pèsent le plus lourdement sur le budget des hommes.

가벼운 여자들은 남자들의 예산에서 가장 무겁게 나간다.

- Marcel Achard

Vous savez mieux que moi, quels que soient nos efforts,
Que l'argent est la clef de tous les grands ressorts,
Et que ce doux métal qui frappe tant de têtes,
En amour, comme en guerre, avance les conquêtes.

당신도 나보다 더 잘 알다시피, 우리의 노력이 어떻든 간에,
돈이 모든 중요한 원동력의 열쇠인 것이고,

이 달콤한 쇠붙이가 그토록 많은 사람들의 머리를 돌게 하고,
사랑에서도 전쟁에서와 같이 정복을 진전시키는 것이오.

- Molière, L'école des femmes

Tu as vu des femmes qui aiment les pauvres?
가난한 남자 좋아하는 여자 봤니?

- Marcel Pagnol, Topaze

La femme est un roseau dépensant.
여자는 돈 쓰는 갈대이다.

- Jules Renard, Journal

사랑과 나이

Quand on est jeune, l'amour, c'est se faire croire qu'on est déjà des grandes personnes. Quand on est vieux, c'est se faire croire qu'on est encore des enfants.
사랑은, 젊었을 때에는 자신이 노숙하다고 믿는 것이고, 늙어서는 자신을 아직 청춘 취급하는 것이다.

- Marcel Achard, Noix de Coco

Les trois âges de la dévotion féminine, le désir, la vanité, la peur: quinze, trente, quarante ans.
여자의 애착에는 세 단계가 있는데. 15세에는 갈망, 30세에는 허영, 45세에는 두려움이다.

- Jules et Edmond de Goncourt, Journal

Elle croit que l'âge, c'est de l'argent, et elle économise sur son âge.

여자는 나이가 돈이라고 믿기 때문에, 자신의 나이를 절약한다.

La femme parle toujours de son âge et ne le dit jamais.

여자는 자신의 나이에 대해서 항상 말하지만, 정작 나이는 절대로 가르쳐 주지 않는다.

- Jules Renard, Journal

사랑과 남성

Les hommes s'intéressent aux femmes qui leur manifestent de l'intérêt plus qu'à celles qui ont de jolies jambes.

남자들은 예쁜 다리를 가진 여자들보다 그들에게 관심을 표명하는 여자들을 더 좋아한다.

- Marlene Dietrich

사랑과 독신

Les célibataires aisés devraient être lourdement imposés. Il n'est pas juste que certains hommes soient plus heureux que les autres.

경제적으로 여유 있는 남자 독신들은 세금을 무겁게 부과해야 한다. 이들이 다른 이들보다 더 행복한 것은 부당하기 때문이다.

- Oscar Wilde

La plus grande saleté qu'on puisse faire à un homme qui vous a
pris votre femme, c'est de la lui laisser!

당신의 부인을 취한 남자에게 할 수 있는 가장 큰 추잡한 짓은 그에게
부인을 그대로 내버려 두는 것이다.

- Sacha Guitry, *La pèlerine écossaise*

Chez les Saxons, on pendait la femme adultère et on la brûlait.
Chez les Egyptiens, on lui coupait le nez. Chez les Romains, par la
loi Julia, on lui coupait la tête. Aujourd'hui en France, quand une
femme est surprise en adultère, on se moque de son mari.

앵글로 색슨족은 간통을 한 부인을 목매달아 죽인 다음에 화형에 처했
다. 이집트인들은 간통을 한 부인의 코를 잘랐고, 로마인들은 율리우스
법에 의해서 목을 잘랐다. 오늘날 프랑스에서는 부인이 간통 현장에서
발각이 되면, 그녀의 남편을 조롱한다.

- Alphonse Karr, *Une poignée de vérités*

La trahison est la 'seconde nature' des femmes.

배신은 여자들의 제2의 천성이다.

- Paul Léautaud, *Amour*

사랑과 소설

Jamais fille chaste n'a lu des romans, ou en les lisant, elle a cessé
de l'être.

정숙한 처녀는 절대 소설을 읽지 않는다. 아니면 소설을 읽으면서 처녀의 정숙함이 끝나 버린다.

- Abbé Reyre, *L'Ecole des jeunes demoiselles*

사랑과 시간

Le goût du vin se bonifie en prenant un peu de bouteille; le goût de l'amour s'aigrit.

포도주의 맛은 오래될수록 좋아지고, 사랑의 의욕은 시든다.

- Jean Anouilh, *Ornifle ou le courant d'air*

J'accepte et j'affirme, hors du vrai et du faux, hors du réussi et du raté (…) On me dit; ce genre d'amour n'est pas viable. Mais comment évaluer la viabilité? Pourquoi ce qui est viable est-il un bien? Pourquoi durer est mieux que brûler?

나는 진실과 거짓, 잘된 것과 잘못된 것을 떠나 받아들이고, 단언한다 (…) 사람들은 이런 사랑이 지속되지 않는다고 말한다. 그러나 어떻게 지속성을 평가할 수 있는가? 왜 지속되는 것이 선(善)이고, 왜 지속되는 것이 열렬히 불타오르는 것보다 낫다는 것인가?

- Roland Barthes, *Fragments d'un discours amoureux*

Que l'amour, c'est ce qui est fait avec du temps, de la durée, avec la substance même du coeur?

사랑이라는 것은 시간과 지속적인 기간, 심지어는 마음의 실질로 만들어지는 것인가?

- Paul Géraldy, *Aimer*

On s'étudie trois semaines, on s'aime trois mois, on se dispute trois ans, on se tolère trente ans; et les enfants recommencent.

삼 주 동안 서로 살펴보다가, 삼 개월 동안 사랑하고, 삼 년 동안 싸우다가, 삼십 년 동안 참는다. 그리고 자식들이 다시 시작한다.

- Hippolyte Taine, *Vie et Opinions de Thomas Graindorge*

사랑과 애정

L'affection est un sentiment fade, c'est l'amour des gens tièdes.

애정은 일종의 맥 빠진 감정으로, 미지근한 사람들의 사랑이다.

- Paul Léotaud, *Journal littéraire*

사랑과 여성

Les femmes étaient des oiseaux. Alors, elles ont de petites cervelles. Seulement; elles ont des ailes aussi. Il faut leur expliquer que lorsqu'on essaie de les prendre, elles ont la ressource de s'envoler.

여자들은 새였다. 그래서 여자들은 머리가 모자라는 것이다. 그렇지만 여자들은 또한 날개가 있기 때문에, 남자들이 여자들을 잡으려 하면 그녀들에게는 날아갈 수 있는 능력이 있다는 것을 설명해 주어야 한다.

- Marcel Achard, *Colinette*

Les jolies femmes veulent être cajolées; les laides veulent être considérées; les vieilles veulent être conseillées et respectées;

les beaux esprits femelles veulernt être célébrés et admirés; mais toutes veulent être flattées.

예쁜 여자들은 남들이 자신을 애지중지해 주기를 원하고, 못생긴 여자들은 자신을 존중해 주기를 원하고, 나이들은 여자들은 조언을 해 주고 존경해 주기를 바라고, 재치가 뛰어난 여자들은 추앙받고 감탄의 대상이 되기를 바란다. 결국 모든 여자들은 아부를 바라는 것이다.

- Madame de Châtelet, *Correspondances*

Les femmes ont trop d'imagination et de sensibilité pour avoir beaucoup de logique.

여자들은 많은 논리를 갖기에는 너무 많은 상상력과 감성을 지니고 있다.

- Madame du Deffand, *Correspondance*

Elle pourra changer quinze fois de mari. Elle aimera toujours celui qui la nourrit.

여자는 남편을 15번 바꿀 수 있지만, 항상 그녀를 부양하는 남자를 사랑할 것이다.

- Sacha Guitry, *Deburau*

D'abord, les femmes n'ont pas d'âge… elles sont jeunes… ou elles sont vieilles! … quand elles sont jeunes, elles nous trompent… quand elles sont vieilles, elles ne veulent pas être trompées….

먼저 여자들은 나이가 없다… 여자들은 젊거나… 혹은 늙은 것이다! … 여자들은 젊어서는 우리(남자들)를 배신하고, 늙어서는 배신당하기를 원하지 않는다….

- Sacha Guitry, *Mon père avait raison*

Il est vrai que, parmi tant de différences essentielles, il y a celle-ci encore l'homme et la femme: une femme ne quitte en général un homme que pour un autre tandis qu'un homme peut très bien quitter une femme à cause d'elle.

남자와 여자 사이의 근본적인 차이점 중에 하나는, 여자는 일반적으로 다른 남자 때문에 한 남자를 떠나지만, 남자는 바로 그 여자 때문에 한 여자를 얼마든지 떠날 수 있다는 사실이다.

- Sacha Guitry, *Quadrille*

Ce que les femmes aiment surtout, c'est préférer.

여자들이 무엇보다도 사랑하는 것은, 선호하는 것이다.

- Sacha Guitry, *Un tour au paradis*

Le désir de plaire naît chez les femmes avant le besoin d'aimer.

여자들에게는 사랑하려는 욕구보다 남자들의 마음에 들고자 하는 욕구가 먼저 생긴다.

- Ninon de Lenclos, *Correspondance*

Leur esprit est méchant, et leur âme fragile;
Il n'est rien de plus faible et de plus imbécile,
Rien de plus infidèle et malgré tout cela,
Dans le monde on fait tout pour ces animaux-là.

여자들의 마음은 악의에 차 있고, 영혼은 유혹에 빠지기가 쉬워;
이 세상에 그 무엇도 여자들보다 더 불안정하고, 더 멍청하며,
더 불충실한 것이 없는데도 불구하고,
남자들은 이 짐승들을 위해서 모든 것을 다 하지.

- Molière, *L'école des femmes*

Quoi de plus léger qu'une plume? - La poussière.
De plus léger que la poussière? - Le vent.
De plus léger que le vent? - La femme.
De plus léger que la femme? - Rien.
깃털보다 더 가벼운 것은? - 먼지.
먼지보다 더 가벼운 것은? - 바람.
바람보다 더 가벼운 것은? - 여자.
여자보다 더 가벼운 것은? - 없다.

- Alfred de Musset

Une femme est comme votre ombre. Courez après, elle vous fuit;
fuyez-là, elle vous court après.
여자는 당신의 그림자와 같다. 그림자 뒤를 쫓으면 달아나고, 피하면 쫓
아온다.

- Alfred de Musset, *La Confession d'un enfant du siècle*

Si vous voulez que votre femme écoute ce que vous dites, dites- le
à une autre femme.
당신의 부인이 당신이 하는 말에 귀를 기울이기 바라면, 그 얘기를 다
른 여자에게 하시오.

- Jules Renard, *Journal*

Le seul secret que gardent les femmes, c'est celui qu'elles ignorent.
여자들이 간직하는 유일한 비밀은 모르는 비밀이다.

- Sénèque

Les femmes savent que l'amour n'existe pas, que seules les preuves d'amour existent.

여자들은 사랑이 존재하지 않으며 단지 사랑의 증거만이 존재한다는 것을 알고 있다.

– 영화 <La Discrète> 중에서

Dieu n'a créé les femmes que pour apprivoiser les hommes.

신은 남자들을 길들이기 위해서 여자들을 창조하셨다.

- Voltaire, *L'ingénu*

사랑과 열정

La passion est, d'essence, faite pour être vue: il faut que cacher se voie: sachez que je suis en train de vous cacher quelque chose (…) il faut en même temps que ça se sache et que ça ne sache pas que l'on sache que je ne veux pas le montrer: voilà le message que j'adresse à l'autre. Larvatus prodeo je m'avance en montrant mon masque du dogit: je mets un masque sur ma passion, mais d'un doigt discret (et retors) je désigne ce masque.

열정은 원래 보여지기 위해서 만들어졌다. 그렇기 때문에 숨기는 것이 보여져야만 하는 것이다. 내가 당신에게 무엇인가를 숨기고 있는 중이라는 것을 아시오 (…) 열정은 알려져야 하는 동시에 알려지지 않아야 한다. 사람들이 내가 보여 주고 싶어 하지 않는다는 사실을 알아야 한다는 것이다. 이것이 바로 내가 타자에게 보내는 메시지다. 'Larvatus prodeo.' 나는 내 가면을 손가락으로 가리키면서 앞으로 나아간다. 나는 나의 열정에 가면을 씌우지만 이 가면을 은밀하게 (그리고 교활하게)

손가락으로 가리키는 것이다.

- Roland Barthes, *Fragments d'un discours amoureux*

사랑과 외모

Nous ne demandons pas aux jolies femmes d'être intelligentes, mais nous ne pardonnons guère aux femmes intelligentes d'être laides.

우리는 예쁜 여자들에게 지성을 요구하지 않는다. 그러나 우리는 지성 있는 여자가 못생긴 것은 거의 용서하지 않는다.

- Jean Mistler, *Bon poids...*

La laideur a ceci de supérieur à la beauté: elle dure.

못생김에는 아름다움보다 더 우월한 것이 있다. 바로 지속된다는 것이다.

- Daniel Mussy, *Les Limites de l'impossible*

사랑과 질투

C'est que la jalousie... entends-tu bien, Georgette,
Est une chose... là... qui fait qu'on s'inquiète...
Et qui chasse les gens d'autour d'une maison.
Je m'en vais te bailler une comparaison,
Afin de concevoir la chose davantage.
Dis-moi, n'est-il pas vrai, quand tu tiens ton potage,
Que si quelque affamé venait pour en manger,

Tu serais en colère, et voudrais le charger? (...)
C'est justement tout comme:
La femme est en effet le potage de l'homme;
Et quand un homme voit d'autres hommes parfois
Qui veulent dans sa soupe aller tremper leurs doigts,
Il en montre aussitôt une colère extrême.

질투라는 건 말이야, 잘 알아 둬, 조르제트,
걱정하게 만들고
집 주위에 있는 사람들을 쫓아내는 거야.
이것을 더 잘 이해하기 위해서
내가 너에게 한 가지 비유를 해서 보여 줄게.
말해 봐, 네가 수프를 먹으려 할 때
어떤 굶주린 사람이 그것을 먹으러 온다면,
네가 화가 나서 그에게 달려들려고 하지 않겠어? (⋯)
질투는 바로 이런 거야.
여자는 사실 남자의 수프거든.
그래서 가끔씩 다른 남자들이 자기 수프에
그들의 손가락을 담그려고 들면,
그 남자는 금방 엄청나게 화를 내는 거지.

- Molière, *L'école des femmes*

참고문헌

Abbé Prévost, *Manon Lescault*(1731), Paris: Flammarion, coll. "J'AI LU", 2003.

Alberoni, Francesco, *L'érotisme*(원제: *L'erotismo*, 1986, traduit de l'italien par Raymonde Coudert), Paris: Editions Ramsay, 1987

_____, *Je t'aime*(원제: *Ti amo*, 1996, traduit de l'italien par Claude Ligé), Paris: Plon, 1997.

_____, *Le vol nuptial*(원제: Il volo nuziale, traduit de l'italien par Pierre Girard, 1992), Paris: Plon, 1994.

Aries, Philippe et Béjin, André, *Sexualités occidentales*, Paris: Seuil, 1982.

Badinter, Élisabeth, *L'Un est l'autre*, Paris: Editions Odile Jacob, 1986.

Balzac, Honoré de, *Le Lys dans la vallée*(1835), Paris: Gallimard, 1972.

_____, *Le Père Goriot*(1835), Paris: Gallimard, 1971.

Baudrillard, Jean, *De la séduction*, Paris: Galilée, 1979.

Beaumarchais, *Le Barbier de Séville*(1775), Paris: Gallimard, 1984.

_____, *Le mariage de Figaro*(1781), Paris: Gallimard, 1984.

Benac, Henri, *Guide des idées littéraires*, Paris: Hachette, 1988.

Blondel, Eric, *L'amour*, Paris: GF Flammarion, 1998.

Bouty, Michel, *Dictionnaire des oeuvres et des thèmes de la littérature française*, Paris: Hachette, 1988.

Brunel, Pierre(sous la direction de), *Histoire de la littérature française*, Paris: Bordas, 1972.

Chevalier, Jean et Gheerbrant, Alain, *Dictionnaire des symboles*, v.1, Paris: Seghers, 1973(1ère édition en 1969).

Cohen, Albert, *Belle du Seigneur*, Paris: Gallimard, 1968.

Coulet, Henri, *Le Roman jusqu'à la Révolution*, Paris: Armand Collin, 1991.

Deguy, Michel, *La machine matrimoniale ou marivaux*, Paris: Gallimard, 1981.

Dumas fils, Alexandre, *La Dame aux camélias*(1852), Paris: Pocket, 1994.

Eluerd, Roland, *Anthologie de la littérature française*, Paris: Larousse, 1985.

Finkielkraut, Alain, *La Sagesse de l'amour*, Paris: Gallimard, 1984.

Flaubert, Gustave, *Madame Bovary*(1857), Paris: GF Flammarion, 1986.

Fourier, Charles, *Vers la liberté en amour*, Paris: Gallimard, 1975(1ère édition en 1967 chez Anthropos).

Gide, André, *La porte étroite*(1909), Paris: Gallimard, 1972.

Giraudoux, Jean, *Amphitryon 38*(1929), Paris: Le Livre de Poche, 1975.

Grimal, Pierre, *Dictionnaire de la Mythologie*, Paris: PUF(1ère édition en 1951), 5e édition en 1976.

Guicharnaud, Jacques, *Molière: Une aventure théâtrale*, Paris: Gallimard, 1963.

Hugo, Victor, *Hernani*(1830), Paris: Flammarion, 1996.

Kierkegaard, Søren, *Le Journal du séducteur*(traduit du danois par F. et O. Prior et M.H. Guignot), Paris: Gallimard, 1990.

Kofman, Sarah, *Séductions*, Paris: Galilée, 1990.

La Fontaine, Jean de, *Fables*(1668~1694), Paris: Le Livre de Poche, 2002.

La Rochefoucauld, *Maximes et réflexions diverses*(1665), Paris: Flammarion, 1976.

Laclos, Pierre Choderlos de, *Les liaisons dangereuses*(1782), Paris: Flammarion, 1981.

Lagrave, Henri, *Marivaux*, Bordeaux: Ducros, 1970.

Lauvergnat-Gagnière, Christiane, Paupert, Anne, Stalloni Yves, et Vannier, Gilles, *Précis de littérature française*, Paris: Dunod, 1995.

Leclerc, Gérard, *L'amour en morceaux?*, Paris: Presses de la Renaissance, 2000.

Madame de Lafayette, *La Princesse de Clèves*(1678), Paris: Gallimard, coll. "Folio", 2000.

Madame de Sévigné, *Lettres*(1725), Paris: Gallimard, 1973.

Marie de France, *Lais*(978), Paris: Le Livre de Poche, 1990.

Marivaux, Pierre de, *Le Jeu de l'amour et du hasard*(1730), Paris: Flammarion, 1999.

Maupassant, Guy de, *Une vie*(1883), Paris: Le Livre de Poche, 1979.

Mérimée, Prosper, *Carmen*(1847), Paris: Gallimard, coll. "Folio", 1974.

Meyer, Michel, *Le Philosophe et les passions*, Paris: Librairie Générale Française, 1991.

Michaux, Agnès, *Dictionnaire misogyne*, Paris: Editions Jean-Claude Lattès, 1993.

Molière, *Don Juan*(1665), Paris: Gallimard, 1971.

Mosse, George L., *L'Image de l'homme: l'invention de la virilité moderne*(traduit de l'anglais par Michèle Hechter), Paris: Edition Abbeville, 1997.

Musset, Alfred de, *Les Caprices de Marianne*(1833), Paris: Bordas, 1985.

_____, *On ne badine pas avec l'amour*(1834), Paris: Bordas, 1984.

Pascal, Blaise, *Pensées*(1669), Paris: Ed. du Cerf, 1982.

Platon, *Le Banquet*(380 av. J.-C.), Paris: Le Livre de Poche, 1967.

Proust, Marcel, *Le temps retouvé*(1927), Paris: Flammarion, 1986.

Racine, Jean, *Phèdre*(1677), Paris: Hachette, 1976.

Rostand, Edmond, *Cyrano de Bergerac*(1897), Paris: Gaillmard, 1983.

Rougemont, Denis de, *L'amour et l'occident*(1939), Paris: Plon, 1972.

Rousseau Jean-Jacques, *Discours sur l'origine et les fondements de l'égalité parmi les hommes*(1755), Paris: GF Flammarion, 1992.

Segal, Erich, <Love Story>, film, 1970.

Shakespeare, William, *Romeo and Juliet*(1594), Tra. de Daffry de La Monnoye, Paris: M. de L'Ormeraie, 1974.

Sibony, Daniel, *Le féminin et la séduction*, Paris: Grasset et Fasquelle, 1986.

Stendhal, *De l'amour*(1822), Paris: GF Flammarion, 1965.

_____, *La Chartreuse de Parme*(1839), Paris: Le Grand livre du mois, 1992.

Tadie, Jean-Yves, *Le roman de XXe siècle*, Paris: Pierre Belfond, 1990.

Trémaugon, Évrart de, *Le Songe du verger*(1376), Paris: Ed. du Centre national de la recherche scientifique, 1982.

Valette, Bernard, *Le couple fatale*, Paris: Bordas, 1985.

Viau, Théophile de, *Les Amours tragiques de Pyrame et Thisbé*(1626), Paris: Flammarion, 2015.

Zink, Michel(direction de la collection), Lacroix, Daniel et Walter, Philippe(traduction et commentaire), *Tristan et Iseut*(Les poème françaises, la saga norroise), Paris: Le Livre de Poche, 1989.

Zola, Emile, *Nana*(1880), Paris: Garnier-Flammarion, 1968.